Collection dirigée p

GW00470610

Contes de Perrault, Grimm, Andersen

classiques Hatier

Édition de 1697 pour les *Contes de ma mère l'Oie* de Perrault.

Traduction de Armel Guerne (éd. Flammarion) pour les contes de Grimm.

Traduction de Régis Boyer (éd. Gallimard) pour les contes d'Andersen.

TEXTES INTÉGRAUX

Un genre
Le conte merveilleux

Julien Harang,
agrégé de Lettres modernes

Pierre Laporte,
agrégé de Lettres modernes

ier
009
978-2-218-93641-8
184 0851

Sommaire

L'univers des contes merveilleux 3

Première partie
Contes de Perrault

Introduction 6
La Belle au bois dormant 10
Le Maître chat ou le Chat botté 28
Riquet à la houppe 40

Deuxième partie
Contes des frères Grimm

Introduction 54
La Belle au bois dormant 56
Le Ouistiti 65
Yorinde et Yoringue 72
Le Loup et les Sept Chevreaux 80
Les Musiciens de la fanfare de Brême 88

Troisième partie
Contes d'Andersen

Introduction 96
La Princesse au petit pois 98
La Petite Fille aux allumettes 103
Le Vilain Petit Canard 108
La Petite Sirène 124

Questions de synthèse 158
Index des rubriques 160

L'univers des contes merveilleux

Il était une fois des histoires inventées il y a très longtemps, que les gens se racontaient le soir auprès du feu, de génération en génération, pour le plaisir d'entrer dans un monde merveilleux habité par des puissances magiques et des êtres extraordinaires. Telles sont les origines du conte, qui se perdent dans la nuit des temps.

Les contes sont en effet des récits très anciens et très répandus à travers le monde, qui permettent de transmettre certaines expériences humaines avec brièveté et simplicité. Brièveté, car la plupart des contes sont des récits courts. Simplicité, car leur déroulement se rapproche souvent d'un schéma en cinq étapes menant d'une situation de départ dont la stabilité est rompue jusqu'à l'établissement d'une nouvelle stabilité. Simplicité également dans la présentation des personnages qui sont généralement « bons » ou « méchants », sans ambiguïté.

C'est dans cette simplicité même que réside l'intérêt du conte, car elle permet d'aborder sans détour des questions essentielles : la mort, la souffrance, la pauvreté, l'injustice, et bien d'autres malheurs auxquels peuvent être confrontés les hommes, s'abattent sur les héros des contes. Ceux-ci doivent souvent se soumettre à des épreuves délicates ou périlleuses, qu'ils affrontent avec courage et dont ils ressortent vainqueurs. Cette fin heureuse, qui récompense le héros méritant, propose donc une vision du monde optimiste et pleine d'espoir.

Un même optimisme se retrouve dans les trois chefs-d'œuvre du genre : Perrault, Grimm et Andersen, chacun à leur manière, font en effet accéder les héros de leurs contes à une vie meilleure.

Ainsi, cinq des contes de ce recueil se concluent par un mariage, qui consacre l'amour d'un prince et d'une princesse, ou l'ascension sociale d'un jeune homme pauvre qui gagne un royaume en même temps que le cœur d'une princesse.

Quatre autres contes, de Perrault et de Grimm, racontent le triomphe des héros sur leurs ennemis. Certains se contentent de les mettre en fuite. D'autres vont jusqu'à tuer leur adversaire, qu'il s'agisse de l'inévitable bête féroce du conte, le célèbre et terrible loup, ou de personnages surnaturels aux pouvoirs encore plus terrifiants.

Enfin, les trois contes qui concluent ce recueil présentent le thème, cher à Andersen, du héros qui passe de la souffrance à la joie. Au terme de sa lente et douloureuse mutation, chacun des trois derniers héros accède à un sort meilleur.

Première partie

Contes de Perrault

Introduction

Les *Contes de ma mère l'Oie* de Charles Perrault (1628-1703)

Des contes célèbres…

Une jolie princesse est condamnée par une malédiction à dormir cent ans, un chat ingénieux réussit par ses ruses à faire la fortune de son maître…

Qui ne connaît pas les *Contes de ma mère l'Oie* de Charles Perrault ? Tous les enfants, avant même de savoir lire, ont tremblé pour la jeune princesse de « La Belle au bois dormant », ou bien admiré l'habileté du Chat botté.

…et méconnus

Et pourtant, sait-on vraiment ce que renferment ces contes ? Sait-on que la Belle au bois dormant, avant de vivre heureuse, a failli être dévorée par la mère du prince charmant ? Se souvient-on d'une malheureuse reine attristée d'avoir mis au monde un fils d'une laideur repoussante ? Rien n'est moins sûr. Transformés, déformés depuis plus de trois siècles pour être adaptés au goût du jeune public, les textes de Perrault semblent avoir subi plus de métamorphoses que les personnages qu'ils mettent en scène.

En définitive, ces célèbres *Contes de ma mère l'Oie* sont finalement le chef-d'œuvre à redécouvrir d'un auteur assez méconnu.

Charles Perrault, un bon élève… sauf en sixième !

Petit dernier d'une famille de sept enfants, Charles Perrault est né à Paris en 1628, quelques heures après son frère jumeau François qui ne vécut que six mois. Ses parents, d'un milieu plutôt aisé et cultivé, suivent de près l'éducation du jeune Charles. Sa mère commence par lui apprendre à lire, et lorsqu'il entre au collège en 1637, son père, avocat au Parlement de Paris, prend la peine de lui faire réciter ses leçons après le dîner, comme il le raconte dans ses *Mémoires*.

« J'ai toujours été des premiers dans mes classes, précise-t-il également, hors dans les plus basses, parce que je fus mis en sixième que je ne savais pas encore bien lire. » Il est même possible que le jeune Charles, entré au collège en avance, à l'âge de huit ans et demi, ait dû redoubler sa sixième pour rattraper son retard en lecture et devenir ensuite un très bon élève.

Un adolescent indépendant et autodidacte

À l'âge de quinze ans, il décide brusquement de quitter le collège à la suite d'une querelle avec son professeur de philosophie à qui il reproche de ne pas le laisser « disputer » avec ses camarades, c'est-à-dire exprimer ses arguments dans une discussion sur un sujet donné.

Dans ses *Mémoires*, Perrault rapporte la scène avec une certaine exagération, en présentant sa sortie d'une manière très théâtrale : « Il m'ordonna une seconde fois de me taire, sur quoi je lui dis, en me levant, que [...] je n'avais plus que faire de venir en classe. En disant cela, je lui fis la révérence et à tous les écoliers, et sortis de la classe. Un de mes amis, nommé Beaurain [...] sortit aussi et me suivit. »

Charles et son ami Beaurain n'abandonnent pas pour autant leurs études, bien au contraire : pendant les trois ou quatre années qui suivent, ils passent environ sept heures par jour à travailler ensemble ! Ils lisent principalement la Bible, et surtout les auteurs latins, en particulier Virgile. Ils vont même écrire une parodie de l'*Énéide*, aidés par les frères de Charles.

Une brillante carrière politique et littéraire

Reçu avocat en 1651 après des études de droit, Perrault ne plaide que deux fois avant de devenir commis de son frère Pierre, receveur général des finances de Paris. À partir de 1663, il devient un proche collaborateur de Colbert, puissant ministre chargé par le roi Louis XIV de conduire sa politique.

Nommé en 1672 « Contrôleur général des bâtiments et jardins, arts et manufactures de France », Perrault participe à la politique de prestige du Roi Soleil. Il supervise les grands travaux royaux : il revoit les plans des architectes, traite avec les entrepreneurs, vérifie la paie des ouvriers, visite les chantiers… Il contribue même à l'aménagement du parc de Versailles.

Parallèlement à ses responsabilités politiques, Perrault mène une prestigieuse carrière littéraire, couronnée par son entrée à l'Académie française en 1671, où il prend une part active à la rédaction du Dictionnaire. À la mort de Colbert en 1683, Perrault perd ses fonctions politiques, et se consacre alors pleinement à la littérature. Une bonne partie de son œuvre est destinée à célébrer la grandeur royale.

La querelle des Anciens et des Modernes

Depuis leur redécouverte au XVIe siècle, les œuvres de l'Antiquité grecque et latine étaient considérées par les milieux littéraires comme des modèles de perfection, qu'il fallait imiter sans espoir de les égaler. Cette foi dans la supériorité des « Anciens » s'exprime en particulier dans l'*Art poétique* que Boileau publie en 1674.

En 1687, Perrault déclenche la plus célèbre querelle de l'histoire littéraire française en s'opposant radicalement à cette idée. Il fait lire à l'Académie française un poème intitulé « Le Siècle de Louis le Grand », dans lequel il affirme que les auteurs de son temps sont plus évolués et donc supérieurs à ceux de l'Antiquité, époque qu'il qualifie de « primitive ». Le vieil académicien Boileau, scandalisé, se lève et réplique que cette lecture est « une honte ».

Durant sept ans, les partisans des « Anciens », comme Boileau et La Fontaine, s'opposent dans leurs écrits aux partisans des « Modernes », dont Perrault devient le porte-parole dans les quatre volumes de *Parallèles des Anciens et des Modernes*, publiés entre 1688 et 1697. L'avantage reste finalement aux idées de Perrault, mieux adaptées à l'évolution du siècle. C'est dans ce climat agité que, de 1691 à 1697, Perrault écrit ses contes. La publication de ces textes, qui ne doivent rien à la littérature antique, constitue une pièce essentielle dans le combat qu'il mène en faveur des Modernes.

Les *Contes de ma mère l'Oie* (1697)

Les *Contes de ma mère l'Oie* ou *Histoires et contes du temps passé* forment un recueil de huit contes merveilleux, tous inspirés par la tradition populaire française, comme le suggère une gravure qui illustrait le recueil à sa parution en 1697 (voir p. 5). On y voit une fileuse racontant des histoires à trois enfants au coin du feu. Au-dessus d'elle, sur la porte, un écriteau indique : « CONTES DE MA MERE LOYE ». Cette expression, dès 1650, était employée pour désigner des histoires invraisemblables et sans importance. D'ailleurs, Perrault, pour renforcer l'idée d'une littérature simple, a publié son œuvre sous le nom de son fils, Pierre Darmancour.

Toutefois, si ces contes sont enracinés dans la tradition populaire, leur simplicité apparente ne doit pas faire oublier le travail de l'écrivain. Perrault a transformé considérablement les récits populaires et leur a ajouté une morale. Il y a également mis quelques clins d'œil humoristiques, pour nous dire de ne pas prendre ces histoires merveilleuses trop au sérieux. Voilà pourquoi l'ogresse de « La Belle au bois dormant » veut manger la petite Aurore avec de la moutarde et des oignons, « à la sauce Robert ».

Contes de Perrault

La Belle au bois dormant

Il était une fois un roi et une reine, qui étaient si fâchés de n'avoir point d'enfants, si fâchés qu'on ne saurait dire. Ils allèrent à toutes les eaux[1] du monde ; vœux, pèlerinages[2], menues dévotions[3], tout fut mis en œuvre, et rien n'y faisait. Enfin
5 pourtant la reine devint grosse, et accoucha d'une fille : on fit un beau baptême ; on donna pour marraines à la petite princesse toutes les fées qu'on pût trouver dans le pays (il s'en trouva sept), afin que chacune d'elles, lui faisant un don, comme c'était la coutume des fées en ce temps-là, la princesse
10 eût par ce moyen toutes les perfections imaginables.

Après les cérémonies du baptême toute la compagnie revint au palais du roi, où il y avait un grand festin pour les fées. On mit devant chacune d'elles un couvert magnifique, avec un étui d'or massif, où il y avait une cuiller, une fourchette,
15 et un couteau de fin or, garni de diamants et de rubis. Mais comme chacun prenait sa place à table, on vit entrer une vieille fée qu'on n'avait point priée[4], parce qu'il y avait plus de cinquante ans qu'elle n'était sortie d'une tour et qu'on la croyait morte, ou enchantée.

20 Le roi lui fit donner un couvert, mais il n'y eut pas moyen de lui donner un étui d'or massif, comme aux autres, parce que l'on n'en avait fait faire que sept pour les sept fées. La vieille crut qu'on la méprisait, et grommela quelques menaces entre ses dents. Une des jeunes fées qui se trouva auprès d'elle
25 l'entendit, et jugeant qu'elle pourrait donner quelque fâcheux don à la petite princesse, alla dès qu'on fut sorti de table se cacher derrière la tapisserie, afin de parler la dernière, et de

---

1. Sources thermales utilisées pour se soigner.   **3.** Pratiques religieuses.
2. Visites d'un lieu saint.   **4.** Invitée.

pouvoir réparer autant qu'il lui serait possible le mal que la
vieille aurait fait.

30   Cependant les fées commencèrent à faire leurs dons à la
princesse. La plus jeune lui donna pour don qu'elle serait la
plus belle personne du monde, celle d'après qu'elle aurait de
l'esprit comme un ange, la troisième qu'elle aurait une grâce
admirable à tout ce qu'elle ferait, la quatrième qu'elle danse-
35   rait parfaitement bien, la cinquième qu'elle chanterait comme
un rossignol, et la sixième qu'elle jouerait de toutes sortes
d'instruments dans la dernière perfection. Le rang de la vieille
fée étant venu, elle dit, en branlant la tête encore plus de dépit
que de vieillesse, que la princesse se percerait la main d'un
40   fuseau [5] et qu'elle en mourrait.

Ce terrible don fit frémir toute la compagnie, et il n'y eut
personne qui ne pleurât. Dans ce moment, la jeune fée sortit
de derrière la tapisserie, et dit tout haut ces paroles : « Rassurez-
vous, roi et reine, votre fille n'en mourra pas ; il est vrai que
je n'ai pas assez de puissance pour défaire entièrement ce que
mon ancienne a fait. La princesse se percera la main d'un
fuseau ; mais au lieu d'en mourir, elle tombera seulement dans
un profond sommeil qui durera cent ans, au bout desquels le
fils d'un roi viendra la réveiller. »

Le roi, pour tâcher d'éviter le malheur annoncé par la vieille,
fit publier aussitôt un édit [6], par lequel il défendait à toutes
personnes de filer au fuseau, ni d'avoir des fuseaux chez soi
sur peine de la vie.

Au bout de quinze ou seize ans, le roi et la reine étant allés
à une de leurs maisons de plaisance, il arriva que la jeune princesse courant un jour dans le château, et montant de chambre
en chambre, alla jusqu'au haut d'un donjon dans un petit
galetas [7], où une bonne vieille était seule à filer sa quenouille [8].

---

5. Instrument pointu servant à filer la laine.   **7.** Logement sous les toits.
6. Une loi décidée par le roi.   **8.** Un bâton entouré de laine.

Cette bonne femme n'avait point ouï parler des défenses que
60 le roi avait faites de filer au fuseau.

« Que faites-vous là, ma bonne femme ? dit la princesse.

– Je file, ma belle enfant, lui répondit la vieille qui ne la
connaissait pas.

– Ah ! que cela est joli, reprit la princesse, comment faites-
65 vous ? Donnez-moi que je voie si j'en ferais bien autant. »

Elle n'eut pas plus tôt pris le fuseau, que comme elle était
fort vive, un peu étourdie, et que d'ailleurs l'arrêt [9] des fées
l'ordonnait ainsi, elle s'en perça la main, et tomba évanouie.

La bonne vieille, bien embarrassée, crie au secours ; on vient
70 de tous côtés, on jette de l'eau au visage de la princesse, on la
délace, on lui frappe dans les mains, on lui frotte les tempes [10]
avec de l'eau de la reine de Hongrie [11] ; mais rien ne la faisait
revenir.

Alors le roi, qui était monté au bruit, se souvint de la prédic-
75 tion des fées, et jugeant bien qu'il fallait que cela arrivât,
puisque les fées l'avaient dit, fit mettre la princesse dans le
plus bel appartement du palais, sur un lit en broderie d'or et
d'argent. On eût dit d'un ange, tant elle était belle ; car son
évanouissement n'avait pas ôté les couleurs vives de son teint :
80 ses joues étaient incarnates [12], et ses lèvres comme du corail ;
elle avait seulement les yeux fermés, mais on l'entendait
respirer doucement, ce qui faisait voir qu'elle n'était pas morte.

Le roi ordonna qu'on la laissât dormir en repos, jusqu'à ce
que son heure de se réveiller fût venue. La bonne fée qui lui
85 avait sauvé la vie, en la condamnant à dormir cent ans, était
dans le royaume de Mataquin, à douze mille lieues [13] de là,
lorsque l'accident arriva à la princesse ; mais elle en fut avertie
en un instant par un petit nain, qui avait des bottes de sept

---

9. La décision.
10. Côtés de la tête, entre l'œil et l'oreille.
11. Mélange d'alcool et de romarin.
12. Rouge clair et vif.
13. Une lieue égale environ quatre kilomètres.

lieues (c'était des bottes avec lesquelles on faisait sept lieues
90 d'une seule enjambée). La fée partit aussitôt, et on la vit au
bout d'une heure arriver dans un chariot tout de feu, traîné
par des dragons. Le roi lui alla présenter la main à la descente
du chariot. Elle approuva tout ce qu'il avait fait ; mais comme
elle était grandement prévoyante, elle pensa que quand la prin-
95 cesse viendrait à se réveiller, elle serait bien embarrassée toute
seule dans ce vieux château : voici ce qu'elle fit. Elle toucha de
sa baguette tout ce qui était dans ce château (hors le roi et la
reine), gouvernantes[14], filles d'honneur[15], femmes de chambre,
gentilshommes[16], officiers[17], maîtres d'hôte, cuisiniers, marmi-
100 tons[18], galopins[19], gardes, suisses[20], pages, valets de pied[21] ;
elle toucha aussi tous les chevaux qui étaient dans les écuries
avec les palefreniers[22], les gros mâtins[23] de basse-cour, et la
petite Pouffe, petite chienne de la princesse, qui était auprès
d'elle sur son lit. Dès qu'elle les eut touchés, ils s'endormirent tous, pour ne se réveiller qu'en même temps que leur
maîtresse, afin d'être tout prêts à la servir quand elle en aurait
besoin ; les broches mêmes qui étaient au feu toutes pleines de
perdrix et de faisans[24] s'endormirent, et le feu aussi. Tout cela
se fit en un moment ; les fées n'étaient pas longues à leur
besogne[25].

Alors le roi et la reine, après avoir baisé leur chère enfant
sans qu'elle s'éveillât, sortirent du château, et firent publier
des défenses à qui que ce soit d'en approcher. Ces défenses
n'étaient pas nécessaires, car il crût dans un quart d'heure tout
autour du parc une si grande quantité de grands arbres et de

---

14. Dames chargées de l'éducation des
jeunes filles.
15. Jeunes filles nobles.
16. Hommes nobles (un *gentilhomme*,
au singulier).
17. Serviteurs.
18. Apprentis cuisiniers.
19. Enfants marmitons.

20. Combattants suisses payés par le roi.
21. Domestiques qui aident leur maître à
monter et à descendre de carrosse.
22. Personnes qui soignent les chevaux.
23. Chiens de garde.
24. Oiseaux sauvages chassés pour leur
chair.
25. Travail.

petits, de ronces et d'épines entrelacées[26] les unes dans les autres, que bête ni homme n'y aurait pu passer : en sorte qu'on ne voyait plus que le haut des tours du château, encore n'était-ce que de bien loin. On ne douta point que la fée n'eût encore
120 fait là un tour de son métier, afin que la princesse, pendant qu'elle dormirait, n'eût rien à craindre des curieux.

Au bout de cent ans, le fils du roi qui régnait alors, et qui était d'une autre famille que la princesse endormie, étant allé à la chasse de ce côté-là, demanda ce que c'était que des tours
125 qu'il voyait au-dessus d'un grand bois fort épais ; chacun lui répondit selon qu'il en avait ouï parler. Les uns disaient que c'était un vieux château où il revenait des esprits, les autres que tous les sorciers de la contrée y faisaient leur sabbat[27]. La plus commune opinion était qu'un ogre y demeurait, et que
130 là il emportait tous les enfants qu'il pouvait attraper, pour les pouvoir manger à son aise, et sans qu'on le pût suivre, ayant seul le pouvoir de se faire un passage au travers du bois. Le prince ne savait qu'en croire, lorsqu'un vieux paysan prit la parole, et lui dit : « Mon prince, il y a plus de cinquante ans
135 que j'ai ouï dire à mon père qu'il y avait dans ce château une princesse, la plus belle du monde ; qu'elle y devait dormir cent ans, et qu'elle serait réveillée par le fils d'un roi, à qui elle était réservée. »

Le jeune prince, à ce discours, se sentit tout de feu ; il crut
140 sans balancer[28] qu'il mettrait fin à une si belle aventure ; et poussé par l'amour et par la gloire, il résolut de voir sur-le-champ ce qui en était. À peine s'avança-t-il vers le bois, que tous ces grands arbres, ces ronces et ces épines s'écartèrent d'elles-mêmes pour le laisser passer : il marche vers le château
145 qu'il voyait au bout d'une grande avenue où il entra, et ce qui le surprit un peu, il vit que personne de ses gens ne l'avait

---

| **26.** Emmêlées. | **27.** Ici, assemblée nocturne de sorciers. | **28.** Hésiter.

Gustave Doré (1832-1883), « La Belle au bois dormant », gravure.

pu suivre, parce que les arbres s'étaient rapprochés dès qu'il avait été passé. Il ne laissa pas de continuer son chemin : un prince jeune et amoureux est toujours vaillant. Il entra dans
150 une grande avant-cour où tout ce qu'il vit d'abord était capable de le glacer de crainte : c'était un silence affreux, l'image de la mort s'y présentait partout, et ce n'était que des corps étendus d'hommes et d'animaux, qui paraissaient morts. Il reconnut pourtant bien au nez bourgeonné[29] et à la face
155 vermeille[30] des suisses, qu'ils n'étaient qu'endormis, et leurs tasses où il y avait encore quelques gouttes de vin montraient assez qu'ils s'étaient endormis en buvant. Il passe une grande cour pavée de marbre, il monte l'escalier, il entre dans la salle des gardes qui étaient rangés[31] en haie, la carabine sur l'épaule,
160 et ronflant de leur mieux. Il traverse plusieurs chambres pleines de gentilshommes et de dames, dormant tous, les uns debout, les autres assis ; il entre dans une chambre toute dorée, et il vit sur un lit, dont les rideaux étaient ouverts de tous côtés, le plus beau spectacle qu'il eût jamais vu : une princesse qui paraissait
165 avoir quinze ou seize ans, et dont l'éclat resplendissant avait quelque chose de lumineux et de divin. Il s'approcha en tremblant et en admirant, et se mit à genoux auprès d'elle. Alors, comme la fin de l'enchantement était venue, la princesse s'éveilla ; et le regardant avec des yeux plus tendres qu'une
170 première vue ne semblait le permettre : « Est-ce vous, mon prince ? lui dit-elle, vous vous êtes bien fait attendre. »

Le prince, charmé de ces paroles, et plus encore de la manière dont elles étaient dites, ne savait comment lui témoigner sa joie et sa reconnaissance ; il l'assura qu'il l'aimait plus que lui-
175 même. Ses discours furent mal rangés ; ils en plurent davantage ; peu d'éloquence[32], beaucoup d'amour. Il était plus embarrassé qu'elle, et l'on ne doit pas s'en étonner ; elle avait

---

29. Couvert de boutons.   **31.** Organisés.
30. Rouge.   **32.** Fait de savoir bien s'exprimer.

eu le temps de songer à ce qu'elle aurait à lui dire, car il y a apparence (l'histoire n'en dit pourtant rien) que la bonne fée, pendant un si long sommeil, lui avait procuré le plaisir des songes agréables. Enfin il y avait quatre heures qu'ils se parlaient, et ils ne s'étaient pas encore dit la moitié des choses qu'ils avaient à se dire.

Cependant tout le palais s'était réveillé avec la princesse ; chacun songeait à faire sa charge, et comme ils n'étaient pas tous amoureux, ils mouraient de faim ; la dame d'honneur, pressée comme les autres, s'impatienta, et dit tout haut à la princesse que la viande [33] était servie. Le prince aida à la princesse à se lever ; elle était tout habillée et fort magnifiquement ; mais il se garda bien de lui dire qu'elle était habillée comme ma mère-grand, et qu'elle avait un collet monté [34] ; elle n'en était pas moins belle. Ils passèrent dans un salon de miroirs, et y soupèrent, servis par les officiers de la princesse ; les violons et les hautbois jouèrent de vieilles pièces, mais excellentes, quoiqu'il y eût près de cent ans qu'on ne les jouât plus ; et après souper, sans perdre de temps, le grand aumônier les maria dans la chapelle du château, et la dame d'honneur leur tira le rideau ; ils dormirent peu, la princesse n'en avait pas grand besoin, et le prince la quitta dès le matin pour retourner à la ville, où son père devait être en peine de lui. Le prince lui dit qu'en chassant il s'était perdu dans la forêt, et qu'il avait couché dans la hutte d'un charbonnier, qui lui avait fait manger du pain noir et du fromage. Le roi son père, qui était bon homme, le crut, mais sa mère n'en fut pas bien persuadée, et voyant qu'il allait presque tous les jours à la chasse, et qu'il avait toujours une raison en main pour s'excuser, quand il avait couché deux ou trois nuits dehors, elle ne douta plus qu'il

---

33. Le repas.
34. Long col raide qui entoure le cou, à la mode au début du XVIIe siècle. Désigne une personne stricte.

n'eût quelque amourette : car il vécut avec la princesse plus de deux ans entiers, et en eut deux enfants, dont le premier, qui
210 fut une fille, fut nommée l'Aurore, et le second un fils, qu'on nomma le Jour, parce qu'il paraissait encore plus beau que sa sœur. La reine dit plusieurs fois à son fils, pour le faire expliquer, qu'il fallait se contenter dans la vie, mais il n'osa jamais se fier à elle de son secret ; il la craignait quoiqu'il l'aimât,
215 car elle était de race ogresse, et le roi ne l'avait épousée qu'à cause de ses grands biens ; on disait même tout bas à la cour qu'elle avait les inclinations des ogres, et qu'en voyant passer de petits enfants, elle avait toutes les peines du monde à se retenir de se jeter sur eux ; ainsi le prince ne voulut jamais rien
220 dire. Mais quand le roi fut mort, ce qui arriva au bout de deux ans, et qu'il se vit le maître, il déclara publiquement son mariage, et alla en grande cérémonie quérir la reine sa femme dans son château. On lui fit une entrée magnifique dans la ville capitale, où elle entra au milieu de ses deux enfants.

225   Quelque temps après, le roi alla faire la guerre à l'empereur Cantalabutte son voisin. Il laissa la régence [35] du royaume à la reine sa mère, et lui recommanda fort sa femme et ses enfants : il devait être à la guerre tout l'été, et dès qu'il fut parti, la reine mère envoya sa bru [36] et ses enfants à une maison de
230 campagne dans les bois, pour pouvoir plus aisément assouvir son horrible envie. Elle y alla quelques jours après, et dit un soir à son maître d'hôtel :

« Je veux manger demain à mon dîner la petite Aurore.

– Ah ! Madame ! dit le maître d'hôtel.
235   – Je le veux, dit la reine (et elle le dit d'un ton d'ogresse qui a envie de manger de la chair fraîche), et je la veux manger à la sauce Robert [37]. »

---

35. Le gouvernement d'un royaume en l'absence du roi.
36. Belle-fille.

37. Sauce à base d'oignons, de moutarde, de beurre et de poivre.

Ce pauvre homme voyant bien qu'il ne fallait pas se jouer à [38] une ogresse, prit son grand couteau, et monta à la chambre de la petite Aurore : elle avait pour lors quatre ans, et vint en sautant et en riant se jeter à son col, et lui demander du bonbon. Il se mit à pleurer, le couteau lui tomba des mains, et il alla dans la basse-cour couper la gorge à un petit agneau, et lui fit une si bonne sauce que sa maîtresse l'assura qu'elle n'avait jamais rien mangé de si bon. Il avait emporté en même temps la petite Aurore, et l'avait donnée à sa femme pour la cacher dans le logement qu'elle avait au fond de la basse-cour. Huit jours après la méchante reine dit à son maître d'hôtel : « Je veux manger à mon souper le petit Jour. » Il ne répliqua pas, résolu de la tromper comme l'autre fois ; il alla chercher le petit Jour, et le trouva avec un petit fleuret à la main, dont il faisait des armes avec un gros singe ; il n'avait pourtant que trois ans. Il le porta à sa femme qui le cacha avec la petite Aurore, et donna à la place du petit Jour un petit chevreau fort tendre, que l'ogresse trouva admirablement bon.

Cela était fort bien allé jusque-là ; mais un soir cette méchante reine dit au maître d'hôtel : « Je veux manger la reine à la même sauce que ses enfants. » Ce fut alors que le pauvre maître d'hôtel désespéra de la pouvoir encore tromper. La jeune reine avait vingt ans passés, sans compter les cent ans qu'elle avait dormi : sa peau était un peu dure, quoique belle et blanche ; et le moyen de trouver dans la ménagerie [39] une bête aussi dure que cela ? Il prit la résolution, pour sauver sa vie, de couper la gorge à la reine, et monta dans sa chambre, dans l'intention de n'en pas faire à deux fois ; il s'excitait à la fureur, et entra le poignard à la main dans la chambre de la jeune reine. Il ne voulut pourtant point la surprendre, et il lui dit avec beaucoup de respect l'ordre qu'il avait reçu de la reine mère.

---

38. Affronter, s'attaquer à.
39. Cabane où on engraissait les volailles et les animaux de boucherie.

« Faites votre devoir, lui dit-elle, en lui tendant le col ;
270 exécutez l'ordre qu'on vous a donné ; j'irai revoir mes enfants,
mes pauvres enfants que j'ai tant aimés », car elle les croyait
morts depuis qu'on les avait enlevés sans lui rien dire.

« Non, non, Madame, lui répondit le pauvre maître d'hôtel
tout attendri, vous ne mourrez point, et vous ne laisserez pas
275 d'aller revoir vos chers enfants, mais ce sera chez moi où je les
ai cachés, et je tromperai encore la reine, en lui faisant manger
une jeune biche en votre place. »

Il la mena aussitôt à sa chambre, où la laissant embrasser
ses enfants et pleurer avec eux, il alla accommoder une biche,
280 que la reine mangea à son souper, avec le même appétit que
si c'eût été la jeune reine. Elle était bien contente de sa cruauté,
et elle se préparait à dire au roi, à son retour, que les loups
enragés avaient mangé la reine sa femme et ses deux enfants.

Un soir qu'elle rôdait à son ordinaire dans les cours et basses-
285 cours du château pour y halener [40] quelque viande fraîche, elle
entendit dans une salle basse le petit Jour qui pleurait, parce
que la reine sa mère le voulait faire fouetter, à cause qu'il avait
été méchant, et elle entendit aussi la petite Aurore qui demandait pardon pour son frère. L'ogresse reconnut la voix de la
290 reine et de ses enfants, et furieuse d'avoir été trompée, elle
commande dès le lendemain au matin, avec une voix épouvantable qui faisait trembler tout le monde, qu'on apportât
au milieu de la cour une grande cuve, qu'elle fit remplir de
crapauds, de vipères, de couleuvres et de serpents, pour y faire
295 jeter la reine et ses enfants, le maître d'hôtel, sa femme et sa
servante : elle avait donné ordre de les amener les mains liées
derrière le dos. Ils étaient là, et les bourreaux se préparaient
à les jeter dans la cuve, lorsque le roi, qu'on n'attendait pas
si tôt, entra dans la cour à cheval ; il était venu en poste [41] e

---

40. Sentir l'odeur du gibier,
comme un chien de chasse.

41. Grâce à des chevaux de poste que l'on changeait
à chaque relais pour aller plus vite.

demanda tout étonné ce que voulait dire cet horrible spectacle ; personne n'osait l'en instruire, quand l'ogresse, enragée
de voir ce qu'elle voyait, se jeta elle-même la tête la première
dans la cuve, et fut dévorée en un instant par les vilaines bêtes
qu'elle y avait fait mettre. Le roi ne laissa pas d'en être fâché :
elle était sa mère ; mais il s'en consola bientôt avec sa belle
femme et ses enfants.

MORALITÉ

Attendre quelque temps pour avoir un époux,
Riche, bien fait, galant et doux,
La chose est assez naturelle,
Mais l'attendre cent ans, et toujours en dormant,
On ne trouve plus de femelle [42]
Qui dormît si tranquillement.
La fable semble encor vouloir nous faire entendre,
Que souvent de l'hymen [43] *les agréables nœuds* [44],
Pour être différés, n'en sont pas moins heureux,
Et qu'on ne perd rien pour attendre ;
Mais le sexe [45] *avec tant d'ardeur*
Aspire à la foi conjugale,
Que je n'ai pas la force ni le cœur
De lui prêcher cette morale.

42. Femme.
43. Mariage.
44. Liens du mariage.
45. Les femmes.

Questions

Repérer et analyser

Le titre

1 **a.** « La Belle au bois dormant » : selon vous, qui dort ? Est-ce le bois ou bien la belle ? Quel est l'effet produit par la place du participe « dormant » ?

b. Quelles informations le titre donne-t-il au lecteur sur le conte ?

Le début du conte

La formule d'entrée

Le conte commence souvent par une expression comme « Il était une fois », « Il y avait jadis », « Dans des temps très anciens », etc., qui situe immédiatement l'histoire dans un passé imprécis. Cette expression, caractéristique du début d'un conte, se nomme la *formule d'entrée*.

2 **a.** Par quelle formule la première phrase du conte commence-t-elle ?

b. À quel milieu social appartiennent les personnages présentés dans cette première phrase ?

c. Sont-ils heureux ou malheureux ? Justifiez votre réponse.

Le narrateur

Le *narrateur* est celui qui raconte l'histoire. Identifier son statut, c'est dire s'il est ou non un personnage de l'histoire qu'il raconte. Lorsqu'il est extérieur à l'histoire, il mène le récit à la troisième personne.

3 Identifiez le statut du narrateur. Justifiez votre réponse.

Le lieu et le temps, ou le cadre spatio-temporel

Dans un récit, le narrateur donne souvent des indications de *temps* et de *lieu* qui permettent au lecteur de situer l'action. Le *cadre spatio-temporel* peut être présenté de manière précise (par une date historique, un lieu géographique connu...) ou imprécise.

Dans un conte, l'histoire racontée se déroule généralement dans un lieu et à une époque imprécis, qui soulignent l'aspect imaginaire de ce genre de récit.

4 **a.** Relevez, dans la troisième phrase, les indications de lieu et de temps. Permettent-elles de situer précisément le cadre de l'action ?

b. Calculez approximativement le nombre d'années écoulées entre le début et la fin du conte. Justifiez votre réponse en vous appuyant sur les indices donnés dans le texte.

La structure du conte

Le déroulement des contes est souvent composé de cinq étapes qui constituent le *schéma narratif*.

– La *situation initiale* présente les personnages et le cadre. Le temps générale-ment employé pour cette présentation est l'imparfait.

– L'*élément modificateur*, souvent signalé par l'apparition du passé simple, est un événement qui vient modifier la stabilité de la situation initiale.

– Les *actions qui s'enchaînent*. C'est la partie la plus longue du récit. Le passé simple est utilisé pour raconter les actions importantes qui font progresser l'histoire. L'imparfait permet de présenter tout le second plan de l'histoire (descriptions, explications…).

– La *résolution* (ou le *dénouement*) est un événement qui permet à l'histoire de s'achever.

– La *situation finale* présente le retour à une stabilité. Le conte se conclut généralement sur le triomphe des bons et la punition des méchants.

5 **a.** Quelle est la situation initiale ? Formulez-la en une ou deux phrases. Quel est le temps principalement employé ?

b. Quel événement vient modifier l'équilibre de la situation initiale ?

c. Quelles actions s'enchaînent jusqu'au mariage du prince et de la princesse ? L'histoire pourrait-elle se conclure à ce moment-là ? Quel personnage va alors relancer l'action ?

d. Quel événement met fin à la seconde série d'actions ? Est-il attendu ou inattendu ?

e. Quelle est la situation finale ? Quels personnages sont récompensés ? Lesquels sont punis ?

Les personnages principaux

La princesse

6 **a.** La petite princesse est-elle une enfant désirée par le roi et la reine ? Justifiez votre réponse en citant le texte.

. Relevez les dons accordés à la princesse par les six premières fées et dites, pour chacun d'eux, s'il s'agit plutôt de qualités physiques ou de qualités intellectuelles.

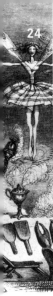

c. Relevez les mots ou expressions qui caractérisent la princesse endormie (l. 78 à 82). Quelle qualité est ici mise en valeur ?

Le prince

7   a. Relevez dans les lignes 139 à 162 les mots et expressions qui indiquent le courage du jeune prince.

b. Pourquoi les premiers mots que le prince dit à la princesse sont-ils « mal rangés » (l. 175) ?

c. Pourquoi le prince craint-il sa propre mère (l. 212 à 220) ?

Les personnages secondaires

8   a. Quel est le nom des deux enfants du prince et de la princesse ?

b. Quelle qualité physique justifie le choix de leur nom ?

c. Les autres personnages du conte sont-ils nommés ?

**9 ** Que fait le maître d'hôtel pour tromper la reine mère (l. 238 à 283) ?

Le merveilleux

Les contes présentent souvent l'intervention d'éléments surnaturels :
– certains *objets* (baguettes, bottes) ont des vertus magiques ;
– certains personnages sont dotés de *pouvoirs hors du commun* (jeter un sort, prédire l'avenir) ;
– certains *événements racontés* (métamorphoses, etc.) ne se produisent jamais dans le monde réel.
Tous ces éléments inexplicables de façon naturelle appartiennent à la catégorie du *merveilleux*.

La fée, un être surnaturel

10   a. Quels indices prouvent que les fées ont le pouvoir d'influencer le destin des êtres humains (l. 30 à 49) ?

b. Les fées sont-elles bienfaisantes ou malfaisantes ? Justifiez votre réponse.

**11 ** Quelles différences d'âge et de caractère remarquez-vous entre les fées invitées à la cérémonie et celle qui a été oubliée ?

12   a. Par quel moyen la bonne fée rejoint-elle le château où la princesse s'est endormie ? Relevez les deux éléments surnaturels qui le caractérisent.

b. Relevez les mots et expressions qui suggèrent que la fée est rapide et efficace (l. 83 à 121).

Des objets magiques

13 **a.** Quel objet magique permet au petit nain messager de se déplacer très rapidement (l. 84 à 90) ?

b. À quel autre personnage des contes de Perrault cet objet magique est-il associé ?

14 Quel instrument la fée emploie-t-elle pour accomplir ses prodiges (l. 96 à 110) ?

Des êtres maléfiques

15 Plusieurs êtres surnaturels maléfiques sont évoqués aux lignes 126 à 132. Relevez les noms qui les désignent et proposez une courte définition pour chacun d'eux.

16 **a.** La mère du prince est-elle un personnage humain ou bien monstrueux ? Justifiez votre réponse.

b. En quoi consiste son « horrible envie » (l. 231) ?

c. Quels sont les mots ou expressions qui rapprochent le comportement de la reine mère de celui d'un animal (l. 284 à 289) ?

d. La reine mère remplit une « grande cuve […] de crapauds, de vipères, de couleuvres et de serpents » (l. 293-294). À quels personnages maléfiques associe-t-on habituellement ces animaux ?

La visée du conte

La *visée* est l'intention particulière du narrateur. Le conte présente souvent plusieurs visées : le narrateur peut chercher à divertir son lecteur, ou à l'émouvoir. Mais il peut aussi vouloir le faire réfléchir : c'est le cas dans les contes de Perrault, qui se terminent par des moralités qui tirent les leçons du conte.

17 La fin du conte vous semble-t-elle juste ou injuste ? Justifiez votre réponse.

18 **a.** Quels sont les procédés d'écriture (typographie, mise en page…) qui contribuent à mettre en valeur la moralité ?

b. Expliquez en une courte phrase le sens de cette moralité.

19 Perrault termine souvent ses contes par une « autre moralité ». Quelle pourrait être la seconde moralité de « La Belle au bois dormant » ?

Étudier la langue

La langue du XVIIᵉ siècle

20 D'après le contexte, donnez le sens de l'expression « devenir grosse » (l. 5). Par quelle expression plus courante aujourd'hui pourrait-on la remplacer ?

21 Observez les expressions suivantes : « personne de ses gens ne l'avait pu suivre » (l. 146-147), « je la veux manger à la sauce Robert » (l. 236-237), « sa mère le voulait faire fouetter » (l. 287).
Que constatez-vous concernant la place du pronom personnel complément (l', la, le) ?

Écrire

L'emploi du passé

L'emploi des principaux temps du passé dans un récit (voir p. 23)
Dans un récit au passé, *le passé simple* est utilisé pour raconter les actions mises au premier plan, qui se succèdent et font progresser l'histoire (« Il se mit à pleurer, le couteau lui tomba des mains, et il alla dans la basse-cour couper la gorge à un petit agneau », l. 242-243).
L'imparfait permet de présenter tout le second plan de l'histoire. Il est utilisé pour présenter :
– les explications données par le narrateur (« c'était la coutume des Fées en ce temps-là », l. 9) ;
– les descriptions (« ses joues étaient incarnates, et ses lèvres comme du corail », l. 80) ;
– les actions répétées ou habituelles (« il emportait tous les enfants qu'il pouvait attraper, pour pouvoir les manger à son aise », l. 130-131).

22 Entre la fin du sixième paragraphe et le début du paragraphe suivant, « quinze ou seize ans » se sont écoulés. Le narrateur fait un saut dans le temps et ne raconte ni l'enfance ni l'adolescence de la princesse. Racontez vous-même son enfance et son adolescence en quelques lignes et en utilisant principalement l'imparfait de répétition.

Se documenter

L'origine des fées

Une vieille fée offensée condamne à mort une petite princesse, et c'est une autre fée qui atténue la malédiction de son aînée : « La Belle au bois dormant » illustre la toute-puissance des fées sur la vie des humains. L'origine de leur nom rappelle ce pouvoir : le mot « fée » dérive du latin *fatum*, qui signifie « le destin ».

Chez les Romains, les Tria Fata (« les trois fées »), aussi nommées les Parques, étaient les déesses de la destinée. Ces trois sœurs réglaient la durée de la vie de chaque être humain à l'aide d'un fil que la première, déesse de la naissance, filait. La deuxième, déesse du mariage, enroulait le fil. La troisième, déesse de la mort, coupait le fil lorsque la vie de la personne était achevée.

Les fées dans la croyance populaire

La présence des fées lors de la naissance des héros, dans plusieurs contes de Perrault (voir « Riquet à la houppe », par exemple), rappelle certaines croyances populaires répandues dans la France du XVIIe siècle. Ainsi, en Bretagne, lorsqu'une femme accouchait, on servait un repas destiné aux fées dans la pièce voisine afin de s'assurer de leur bienveillance.

Certaines superstitions présentaient les fées comme des personnages maléfiques. Dans le Quercy (sud-ouest de la France), les gens croyaient que les fées se métamorphosaient en chattes noires pour étouffer les bébés. Enfin, en Normandie, les fées étaient connues pour enlever les enfants dans leur berceau et pour les remplacer par leurs propres enfants qui étaient laids et méchants.

Contes de Perrault

Le Maître chat
ou le Chat botté

Un meunier ne laissa pour tous biens à trois enfants qu'
avait, que son moulin, son âne, et son chat. Les partages furent
bientôt faits, ni le notaire, ni le procureur[1] n'y furent point
appelés. Ils auraient eu bientôt mangé tout le pauvre patri-
5 moine[2]. L'aîné eut le moulin, le second eut l'âne, et le plus
jeune n'eut que le chat.

Ce dernier ne pouvait se consoler d'avoir un si pauvre lot.
« Mes frères, disait-il, pourront gagner leur vie honnêtement
en se mettant ensemble ; pour moi, lorsque j'aurai mangé mon
10 chat, et que je me serai fait un manchon[4] de sa peau, il faudra
que je meure de faim. »

Le chat qui entendait ce discours, mais qui n'en fit pas
semblant, lui dit d'un air posé et sérieux : « Ne vous affligez
point, mon maître, vous n'avez qu'à me donner un sac, et me
15 faire faire une paire de bottes pour aller dans les broussailles,
et vous verrez que vous n'êtes pas si mal partagé que vous
croyez. »

Quoique le maître du chat ne fît pas grand fond[5] là-dessus,
il lui avait vu faire tant de tours de souplesse, pour prendre
20 des rats et des souris, comme quand il se pendait par les pieds
ou qu'il se cachait dans la farine pour faire le mort, qu'il ne
désespéra pas d'en être secouru dans sa misère.

Lorsque le chat eut ce qu'il avait demandé, il se botta brave-
ment et, mettant son sac à son cou, il en prit les cordons avec

---

1. Officiers de justice.
2. Les biens hérités des parents.
3. Convenablement.
4. Rouleau de fourrure dans lequel on glisse les mains pour les protéger du froid.
5. N'avait pas beaucoup d'espoir.

Image d'Épinal (XIXe siècle),
pour « Le Chat botté ».

ses deux pattes de devant, et s'en alla dans une garenne⁶ où il y avait grand nombre de lapins. Il mit du son et des lasse-rons⁷ dans son sac, et s'étendant comme s'il eût été mort, il attendit que quelque jeune lapin, peu instruit encore des ruses de ce monde, vînt se fourrer dans son sac pour manger ce qu'il y avait mis.

À peine fut-il couché, qu'il eut contentement ; un jeune étourdi de lapin entra dans son sac, et le maître chat, tirant aussitôt les cordons, le prit et le tua sans miséricorde⁸.

Tout glorieux de sa proie, il s'en alla chez le roi et demanda à lui parler. On le fit monter à l'appartement de Sa Majesté, où étant entré, il fit une grande révérence au roi et lui dit :

---

6. Lieu boisé où vivent les lapins sauvages.

7. Salades sauvages.

8. Sans pitié.

« Voilà, Sire, un lapin de garenne que Monsieur le marquis de Carabas (c'était le nom qu'il lui prit en gré de donner à son maître) m'a chargé de vous présenter de sa part.

40 – Dis à ton maître, répondit le roi, que je le remercie, et qu'il me fait plaisir. »

Une autre fois, il alla se cacher dans un blé[9], tenant toujours son sac ouvert ; et lorsque deux perdrix[10] y furent entrées, il tira les cordons, et les prit toutes deux. Il alla ensuite les

45 présenter au roi, comme il l'avait fait le lapin de garenne. Le roi reçut encore avec plaisir les deux perdrix, et lui fit donner pour boire.

Le chat continua ainsi pendant deux ou trois mois à porter de temps en temps au roi du gibier[11] de la chasse de son maître.

50 Un jour qu'il sut que le roi devait aller à la promenade sur le bord de la rivière avec sa fille, la plus belle princesse du monde, il dit à son maître : « Si vous voulez suivre mon conseil, votre fortune est faite : vous n'avez qu'à vous baigner dans la rivière à l'endroit que je vous montrerai, et ensuite me laisser faire. »

55 Le marquis de Carabas fit ce que son chat lui conseillait, sans savoir à quoi cela serait bon. Dans le temps qu'il se baignait, le roi vint à passer, et le chat se mit à crier de toute sa force : « Au secours, au secours, voilà Monsieur le marquis de Carabas qui se noie ! » À ce cri, le roi mit la tête à la portière,

60 et reconnaissant le chat qui lui avait apporté tant de fois du gibier, il ordonna à ses gardes qu'on allât vite au secours de Monsieur le marquis de Carabas.

Pendant qu'on retirait le pauvre marquis de la rivière, le chat s'approcha du carrosse, et dit au roi que, dans le temps que

65 son Maître se baignait, il était venu des voleurs qui avaient emporté ses habits, quoiqu'il eût crié *au voleur !* de toute sa force ; le drôle[12] les avait cachés sous une grosse pierre.

---

9. Champ de blé.
10. Oiseaux chassés pour leur chair.
11. Animaux que l'on prend à la chasse.
12. Personnage rusé et prêt à tout.

Le roi ordonna aussitôt aux officiers de sa garde-robe d'aller
quérir [13] un de ses plus beaux habits pour Monsieur le marquis
de Carabas. Le roi lui fit mille caresses [14], et comme les beaux
habits qu'on venait de lui donner relevaient sa bonne mine
(car il était beau et bien fait de sa personne), la fille du roi le
trouva fort à son gré, et le marquis de Carabas ne lui eut pas
jeté deux ou trois regards fort respectueux, et un peu tendres,
qu'elle en devint amoureuse à la folie.

Le roi voulut qu'il montât dans son carrosse, et qu'il fût de
la promenade. Le chat, ravi de voir que son dessein [15] commençait à réussir, prit les devants, et ayant rencontré des paysans
qui fauchaient un pré, il leur dit : « *Bonnes gens qui fauchez,
si vous ne dites au roi que le pré que vous fauchez appartient
à Monsieur le marquis de Carabas, vous serez tous hachés
menu comme chair à pâté.* »

Le roi ne manqua pas à demander aux faucheux [16] à qui était
ce pré qu'ils fauchaient. « C'est à Monsieur le Marquis de
Carabas », dirent-ils tous ensemble, car la menace du chat leur
avait fait peur.

« Vous avez là un bel héritage, dit le roi au marquis de
Carabas.

– Vous voyez, Sire, répondit le marquis, c'est un pré qui ne
manque point de rapporter abondamment toutes les années. »

Le maître chat, qui allait toujours devant, rencontra des
moissonneurs, et leur dit : « *Bonnes gens qui moissonnez, si
vous ne dites que tous ces blés appartiennent à Monsieur le
marquis de Carabas, vous serez tous hachés menu comme
chair à pâté.* » Le roi, qui passa un moment après, voulut savoir
à qui appartenaient tous les blés qu'il voyait. « C'est à
Monsieur le marquis de Carabas », répondirent les moissonneurs, et le roi s'en réjouit encore avec le marquis. Le chat,

---

13. Chercher.   **15.** Projet, plan.
14. Démonstrations d'amitié.   **16.** Paysans qui fauchent les blés.

qui allait devant le carrosse, disait toujours la même chose à
100   tous ceux qu'il rencontrait ; et le roi était étonné des grands
biens de Monsieur le marquis de Carabas.

Le maître chat arriva enfin dans un beau château dont le
maître était un ogre, le plus riche qu'on ait jamais vu, car toutes
les terres par où le roi avait passé étaient de la dépendance de
105   ce château. Le chat qui eut soin de s'informer qui était cet ogre,
et ce qu'il savait faire, demanda à lui parler, disant qu'il n'avait
pas voulu passer si près de son château, sans avoir l'honneur
de lui faire la révérence.

L'ogre le reçut aussi civilement[17] que le peut un ogre, et le
110   fit reposer.

« On m'a assuré, dit le chat, que vous aviez le don de vous
changer en toute sorte d'animaux ; que vous pouviez par
exemple vous transformer en lion, en éléphant.

– Cela est vrai, répondit l'ogre brusquement, et pour vous
115   le montrer, vous m'allez voir devenir lion. »

Le chat fut si effrayé de voir un lion devant lui, qu'il gagna
aussitôt les gouttières, non sans peine et sans péril[18], à cause
de ses bottes qui ne valaient rien pour marcher sur les tuiles.

Quelque temps après, le chat, ayant vu que l'ogre avait quitté
120   sa première forme, descendit, et avoua qu'il avait eu bien peur.

« On m'a assuré encore, dit le chat, mais je ne saurais le croire,
que vous aviez aussi le pouvoir de prendre la forme des plus
petits animaux, par exemple, de vous changer en un rat, en une
souris ; je vous avoue que je tiens cela tout à fait impossible.

125   – Impossible ? reprit l'ogre, vous allez voir », et en même
temps il se changea en une souris, qui se mit à courir sur le
plancher.

Le chat ne l'eut pas plus tôt aperçue, qu'il se jeta dessus e
la mangea.

| **17.** Poliment. | **18.** Danger.

30   Cependant le roi, qui vit en passant le beau château de l'ogre, voulut entrer dedans. Le chat, qui entendit le bruit du carrosse, qui passait sur le pont-levis, courut au-devant, et dit au roi :

« Votre Majesté soit la bienvenue dans ce château de Monsieur le marquis de Carabas.

35   – Comment, Monsieur le marquis, s'écria le roi, ce château est encore à vous ! Il ne se peut rien de plus beau que cette cour et que tous ces bâtiments qui l'environnent ; voyons les dedans, s'il vous plaît. »

Le marquis donna la main à la jeune princesse, et suivant le roi qui montait le premier, ils entrèrent dans une grande salle où ils trouvèrent une magnifique collation [19] que l'ogre avait fait préparer pour ses amis qui le devaient venir voir ce même jour-là, mais qui n'avaient pas osé entrer, sachant que le roi y était. Le roi charmé des bonnes qualités de Monsieur le marquis de Carabas, de même que sa fille qui en était folle, et voyant les grands biens qu'il possédait, lui dit, après avoir bu cinq ou six coups : « Il ne tiendra qu'à vous, Monsieur le marquis, que vous ne soyez mon gendre. » Le marquis, faisant de grandes révérences, accepta l'honneur que lui faisait le roi ; et dès le même jour épousa la princesse. Le chat devint grand seigneur, et ne courut plus après les souris, que pour se divertir.

MORALITÉ

Quelque grand que soit l'avantage
De jouir d'un riche héritage
Venant à nous de père en fils,
Aux jeunes gens pour l'ordinaire,
L'industrie [20] et le savoir-faire
Valent mieux que des biens acquis.

---

19. Repas léger de viandes et de fruits. | **20.** Habileté, ruse.

AUTRE MORALITÉ

160   *Si le fils d'un meunier, avec tant de vitesse,*
     Gagne le cœur d'une princesse,
     Et s'en fait regarder avec des yeux mourants,
     C'est que l'habit, la mine et la jeunesse,
     Pour inspirer de la tendresse,
165   *N'en sont pas des moyens toujours indifférents.*

Lucien Boucher (né en 1889), « Le Chat botté », gravure sur cuivre.

Repérer et analyser

Le titre

1 Quel mot est présent deux fois dans le titre ? Sur quel personnage attire-t-il l'attention du lecteur ?

Le début du conte

2 En quoi ce début de conte est-il différent de celui de « La Belle au bois dormant » ? Pour répondre, dites :
– si le conte commence par une formule d'entrée habituelle (p. 22) ;
– si l'événement sur lequel s'ouvre le conte est heureux ou malheureux. Citez le texte ;
– à quel milieu social appartiennent les personnages présentés au début du conte.

Les formes de discours

Le *discours narratif* rapporte des événements et les situe dans le temps.
Le *discours descriptif* caractérise un être, une chose, un lieu, etc.

3 **a.** À quelle forme de discours se rattache le premier paragraphe ? Justifiez votre réponse en vous appuyant sur le temps dominant.
b. S'agit-il du temps habituel de la situation initiale (voir p. 23) ?

Le lieu et le temps

4 Relevez les indications de lieu (voir p. 22). Dans quels lieux différents se déroule l'histoire ?
5 Combien de temps s'écoule-t-il approximativement entre le début et la fin du conte ? Appuyez-vous sur l'indication de durée (l. 48).

La structure du conte

6 Classez dans l'ordre chronologique les différentes actions du récit en les numérotant de 1 à 4.
– Le faux Marquis feint la noyade pour être recueilli dans le carrosse du roi et de sa fille.

– Le chat accueille le roi dans le château de l'ogre après s'être débarrassé de son propriétaire.

– Le chat offre du gibier au roi au nom de son maître, le Marquis de Carabas.

– Le chat oblige les paysans à dire au roi que les terres qu'ils moissonnent appartiennent au Marquis.

7 Comparez la position sociale du jeune homme dans la situation initiale et dans la situation finale. Y a-t-il eu évolution ?

Les personnages principaux

Le chat et son maître

8 Lors du partage de l'héritage, lequel des trois fils du meunier semble le moins favorisé ? Pourquoi ?

9 Pour quelle raison le chat propose-t-il d'aider son nouveau maître (l. 7 à 17) ?

10 Quelles sont la principale qualité du chat (l. 18 à 22) et la principale qualité de son maître (l. 70 à 75) ? En quoi sont-elles complémentaires ?

11 Quel nom le maître du chat porte-t-il à partir de la ligne 37 ? Qui le lui a donné ?

12 Quel personnage est le héros du conte ? Justifiez votre réponse.

Les personnages secondaires

13 **a.** Quand et comment la princesse tombe-t-elle amoureuse du jeune homme ? Par quoi est-elle séduite ?

b. À quels avantages du jeune homme le roi est-il sensible ?

14 **a.** Quelle différence de milieu social remarquez-vous entre les personnages secondaires et les personnages principaux ?

b. En quoi cette différence est-elle importante dans l'histoire ?

Le merveilleux

Les objets magiques

15 Quel accessoire vestimentaire fait du chat un animal hors du commun ? Quand est-il mentionné pour la première fois ?

16 a. Quelle particularité, citée dès le troisième paragraphe, fait du chat un animal extraordinaire ?

b. Cette particularité étonne-t-elle les autres personnages ?

c. En quoi la réaction du chat face au lion (l. 116 à 120) prouve-t-elle qu'il a toutefois gardé son instinct animal ?

Les personnages maléfiques

Les *ogres* (dont le nom vient de celui du démon latin des enfers, *orcus*) sont des *personnages maléfiques* à l'aspect effrayant, souvent de grande taille, qui se nourrissent de chair humaine, et en particulier de celle des enfants.

Ces personnages sont souvent riches et dotés de pouvoirs magiques, mais ils se laissent souvent tromper par des personnages moins puissants mais plus rusés qu'eux. Le mot *ogresse*, qui désigne la reine anthropophage dans « La Belle au bois dormant » (voir p. 18), semble avoir été inventé par Perrault.

17 À quel personnage le château et les terres traversées par le carrosse du roi appartiennent-ils ? Citez le texte.

La métamorphose

La *métamorphose*, c'est-à-dire la transformation d'un personnage ou d'un objet, est une des principales manifestations du merveilleux dans les contes. Ce pouvoir magique appartient généralement à un être surnaturel, qu'il soit bon, comme les fées, ou mauvais, comme l'ogre.

18 De quel pouvoir magique le propriétaire du château et des terres est-il doué ? Justifiez votre réponse.

Les procédés pour raconter

Les formules répétitives

Les *formules répétitives* sont des expressions qui reviennent plusieurs fois au cours du conte. Par leur aspect répétitif, elles permettent de rythmer le récit. De plus, elles sont facilement mémorisables et fonctionnent comme les refrains de l'histoire.

19 a. Relevez, dans les lignes 79 à 82 et 92 à 95, les paroles adressées aux paysans par le chat, puis soulignez les passages identiques.

b. Quels caractères d'imprimerie sont employés dans les formules répétitives ? Pourquoi ?

La comparaison

La *comparaison* rapproche deux éléments : l'élément comparé (que l'on compare) et l'élément comparant (auquel on compare) pour en souligner le point commun. Elle est introduite par un outil de comparaison (« comme », « tel que », « ressembler à », etc.). Elle permet de décrire un personnage ou un objet de manière imagée. Exemple : « Ses joues étaient incarnates, et *ses lèvres comme du corail* ». « Ses lèvres » (le comparé) sont comparées à « du corail » (le comparant) dont elles ont la couleur (le point commun). Comparé et comparant sont associés par l'outil de comparaison « comme ».

20 **a.** Quelle comparaison le chat emploie-t-il pour effrayer les paysans ?
b. En quoi cette image est-elle particulièrement frappante ?

L'humour

21 Quel détail humoristique le narrateur mentionne-t-il au moment où le roi propose au jeune homme d'épouser la princesse (l. 144 à 149) ?

La visée

22 À qui les moralités s'adressent-elles ?
23 La première moralité est-elle plutôt un conseil ou un constat ?
24 Comparez les deux moralités : laquelle met en avant des qualités physiques ? laquelle insiste plutôt sur les qualités intellectuelles ?

Étudier la langue

La langue du XVIIᵉ siècle

25 **a.** À la fin du « Petit Poucet », Perrault écrit : « Ces gens-là assurent le savoir de bonne part, et même pour avoir bu et mangé dans la maison du bûcheron. Ils assurent que lorsque le Petit Poucet eut chaussé les bottes de l'Ogre, il s'en alla à la cour […]. »
Quel est le genre du mot « gens » dans cet extrait ? Appuyez-vous sur le pronom personnel sujet qui reprend le terme dans la seconde phrase.
b. Le chat, lorsqu'il menace les paysans, les nomme « Bonnes gens ». Quel est le genre du mot « gens » ? Justifiez votre réponse.
c. Constatez-vous une différence ? Recherchez, dans un manuel de grammaire ou dans un dictionnaire, la règle concernant le genre du mot « gens ».

Écrire

Modifier la fin du conte

26 À la fin du conte, le chat mange l'ogre métamorphosé en souris pour s'en débarrasser. Mais comment se serait terminée l'histoire, si le chat, gêné par ses bottes, n'avait pas réussi à rattraper la souris pour la croquer ?

Racontez la fin de l'histoire, en commençant par la phrase suivante : « Le chat ne l'avait pas plutôt aperçue, qu'il se jeta dessus, mais elle lui échappa… ». Vous emploierez les temps du récit au passé (voir p. 26).

Se documenter

Paysans et noblesse de campagne au XVIIᵉ siècle

Dans les campagnes, la noblesse est nombreuse. On trouve au moins un seigneur par paroisse, qui prétend souvent faire la loi au village et alentour, sans se laisser intimider ni par les curés, ni par l'évêque. Nommé ironiquement « hobereau », du nom d'un petit rapace, ce gentilhomme campagnard traite parfois les paysans avec rudesse pour assurer ses revenus, à l'image du chat botté qui terrorise faucheurs et moissonneurs en les menaçant d'être « tous hachés menu comme chair à pâté ».

Même dans la simplicité du village, les paysans de la France de l'Ancien Régime sont loin d'être tous égaux. De gros fermiers, appelés aussi receveurs des seigneuries, collectent les redevances en grain, en argent ou en poules, que les paysans doivent verser au châtelain. Ensuite viennent les petits laboureurs qui cultivent les parcelles qui leur sont concédées par le seigneur du lieu. C'est à cette catégorie de paysans qu'appartient le maître du chat botté, dont le père était meunier et possédait son moulin.

Enfin, les paysans les moins favorisés sont les ouvriers agricoles qui vivent dans de simples et parfois misérables chaumières.

Contes de Perrault

Riquet à la houppe

Il était une fois une reine qui accoucha d'un fils, si laid et si mal fait, qu'on douta longtemps s'il avait forme humaine. Une fée, qui se trouva à sa naissance, assura qu'il ne laisserait pas d'être aimable, parce qu'il aurait beaucoup d'esprit ; elle ajouta
5 même qu'il pourrait, en vertu du don[1] qu'elle venait de lui faire, donner autant d'esprit qu'il en aurait à la personne qu'il aimerait le mieux.

Tout cela consola un peu la pauvre reine, qui était bien affligée d'avoir mis au monde un si vilain marmot[2]. Il est vrai
10 que cet enfant ne commença pas plus tôt à parler qu'il dit mille jolies choses, et qu'il avait dans toutes ses actions je ne sais quoi de si spirituel[3] qu'on en était charmé. J'oubliais de dire qu'il vint au monde avec une petite houppe de cheveux sur la tête, ce qui fit qu'on le nomma Riquet à la houppe, car Riquet
15 était le nom de la famille.

Au bout de sept ou huit ans, la reine d'un royaume voisin accoucha de deux filles. La première qui vint au monde était plus belle que le jour : la reine en fut si aise, qu'on appréhenda[4] que la trop grande joie qu'elle en avait ne lui fît mal. La même
20 fée qui avait assisté à la naissance du petit Riquet à la houppe était présente, et pour modérer la joie de la reine, elle lui déclara que cette petite princesse n'aurait point d'esprit, et qu'elle serait aussi stupide qu'elle était belle. Cela mortifia[5] beaucoup la reine ; mais elle eut quelques moments après un bien plus
25 grand chagrin, car la seconde fille dont elle accoucha se trouva extrêmement laide.

---

1. Grâce au don.
2. À l'origine, signifie « singe », puis « petite figure grotesque », et enfin « petit enfant ».
3. Plein d'esprit, intelligent.
4. Craignit.
5. Attrista.

« Ne vous affligez point tant, Madame, lui dit la fée ; votre fille sera récompensée d'ailleurs [6], et elle aura tant d'esprit, qu'on ne s'apercevra presque pas qu'il lui manque de la beauté.

– Dieu le veuille, répondit la reine, mais n'y aurait-il point moyen de faire avoir un peu d'esprit à l'aînée qui est si belle ?

– Je ne puis rien pour elle, Madame, du côté de l'esprit, lui dit la fée ; mais je puis tout du côté de la beauté ; et comme il n'y a rien que je ne veuille faire pour votre satisfaction, je vais lui donner pour don de pouvoir rendre beau ou belle la personne qui lui plaira. »

À mesure que ces deux princesses devinrent grandes, leurs perfections crûrent aussi avec elles, et on ne parlait partout que de la beauté de l'aînée, et de l'esprit de la cadette. Il est vrai aussi que leurs défauts augmentèrent beaucoup avec l'âge. La cadette enlaidissait à vue d'œil, et l'aînée devenait plus stupide de jour en jour. Ou elle ne répondait rien à ce qu'on lui demandait, ou elle disait une sottise. Elle était avec cela si maladroite qu'elle n'eût pu ranger quatre porcelaines sur le bord d'une cheminée sans en casser une, ni boire un verre d'eau sans en répandre la moitié sur ses habits.

Quoique la beauté soit un grand avantage dans une jeune personne, cependant la cadette l'emportait presque toujours sur son aînée dans toutes les compagnies. D'abord, on allait du côté de la plus belle pour la voir et pour l'admirer, mais bientôt après, on allait à celle qui avait le plus d'esprit, pour lui entendre dire mille choses agréables ; et on était étonné qu'en moins d'un quart d'heure l'aînée n'avait plus personne auprès d'elle, et que tout le monde s'était rangé autour de la cadette. L'aînée, quoique fort stupide, le remarqua bien, et elle eût donné sans regret toute sa beauté pour avoir la moitié

6. D'un autre côté.

de l'esprit de sa sœur. La reine, toute sage qu'elle était, ne put
s'empêcher de lui reprocher plusieurs fois sa bêtise, ce qui
60 pensa faire mourir de douleur cette pauvre princesse.

Un jour qu'elle s'était retirée dans un bois pour y plaindre
son malheur, elle vit venir à elle un petit homme fort laid et
fort désagréable, mais vêtu très magnifiquement. C'était le
prince Riquet à la houppe, qui étant devenu amoureux d'elle
65 sur ses portraits qui couraient par tout le monde, avait quitté
le royaume de son père pour avoir le plaisir de la voir et de
lui parler. Ravi de la rencontrer ainsi toute seule, il l'aborde
avec tout le respect et toute la politesse imaginables. Ayant
remarqué, après lui avoir fait les compliments ordinaires,
70 qu'elle était fort mélancolique [7], il lui dit :

« Je ne comprends point, Madame, comment une personne
aussi belle que vous l'êtes peut être aussi triste que vous le
paraissez ; car, quoique je puisse me vanter d'avoir vu une infi-
nité de belles personnes, je puis dire que je n'en ai jamais vu
75 dont la beauté approche de la vôtre.

– Cela vous plaît à dire, Monsieur, lui répondit la princesse,
et en demeura là.

– La beauté, reprit Riquet à la houppe, est si grand avantage qu'il doit tenir lieu de tout le reste ; et quand on le possède,
80 je ne vois pas qu'il y ait rien qui puisse nous affliger beaucoup.

– J'aimerais mieux, dit la princesse, être aussi laide que vous
et avoir de l'esprit, que d'avoir de la beauté comme j'en ai, et
être bête autant que je le suis.

– Il n'y a rien, Madame, qui marque davantage qu'on a de
85 l'esprit, que de croire n'en pas avoir, et il est de la nature de
ce bien-là, que plus on en a, plus on croit en manquer.

– Je ne sais pas cela, dit la princesse, mais je sais bien que je
suis fort bête, et c'est de là que vient le chagrin qui me tue.

| **7.** Très triste.

90 – Si ce n'est que cela, Madame, qui vous afflige, je puis aisément mettre fin à votre douleur.

– Et comment ferez-vous ? dit la princesse.

– J'ai le pouvoir, Madame, dit Riquet à la houppe, de donner de l'esprit autant qu'on en saurait avoir à la personne que je dois aimer le plus ; et comme vous êtes, Madame, cette personne, il ne tiendra qu'à vous que vous n'ayez autant d'esprit qu'on en peut avoir, pourvu que vous vouliez bien m'épouser. »

La princesse demeura toute interdite[8], et ne répondit rien. « Je vois, reprit Riquet à la houppe, que cette proposition vous fait de la peine, et je ne m'en étonne pas ; mais je vous donne un an tout entier pour vous y résoudre[9]. » La princesse avait si peu d'esprit, et en même temps une si grande envie d'en avoir, qu'elle s'imagina que la fin de cette année ne viendrait jamais ; de sorte qu'elle accepta la proposition qui lui était faite. Elle n'eut pas plus tôt promis à Riquet à la houppe qu'elle l'épouserait dans un an à pareil jour, qu'elle se sentit toute autre qu'auparavant ; elle se sentit une facilité incroyable à dire tout ce qui lui plaisait, et à le dire d'une manière fine, aisée et naturelle. Elle commença dès ce moment une conversation galante[10] et soutenue avec Riquet à la houppe, où elle brilla d'une telle force que Riquet à la houppe crut lui avoir donné plus d'esprit qu'il ne s'en était réservé pour lui-même.

Quand elle fut retournée au palais, toute la cour ne savait que penser d'un changement si subit et si extraordinaire, car autant qu'on lui avait ouï dire d'impertinences[11] auparavant, autant lui entendait-on dire de choses bien sensées et infiniment spirituelles. Toute la cour en eut une joie qui ne se peut imaginer ; il n'y eut que sa cadette qui n'en fut pas bien aise,

---

8. Troublée et silencieuse.
9. Décider.

10. Élégante et intelligente.
11. Bêtises agaçantes.

120 parce que n'ayant plus sur son aînée l'avantage de l'esprit, elle ne paraissait plus auprès d'elle qu'une guenon[12] fort désagréable.

Le roi se conduisait par ses avis[13], et allait même quelquefois tenir le conseil dans son appartement. Le bruit de ce chan- 125 gement s'étant répandu, tous les jeunes princes des royaumes voisins firent leurs efforts pour s'en faire aimer, et presque tous la demandèrent en mariage ; mais elle n'en trouvait point qui eût assez d'esprit, et elle les écoutait tous sans s'engager à pas un d'eux. Cependant il en vint un si puissant, si riche, 130 si spirituel et si bien fait, qu'elle ne put s'empêcher d'avoir de la bonne volonté[14] pour lui. Son père, s'en étant aperçu, lui dit qu'il la faisait la maîtresse sur le choix d'un époux, et qu'elle n'avait qu'à se déclarer. Comme plus on a d'esprit et plus on a de peine à prendre une ferme résolution sur cette affaire, elle 135 demanda, après avoir remercié son père, qu'il lui donnât du temps pour y penser.

Elle alla par hasard se promener dans le même bois où elle avait trouvé Riquet à la houppe, pour rêver plus commodément à ce qu'elle avait à faire. Dans le temps qu'elle se prome- 140 nait, rêvant profondément, elle entendit un bruit sourd sous ses pieds, comme de plusieurs personnes qui vont et viennent et qui agissent. Ayant prêté l'oreille plus attentivement, elle ouït que l'on disait : « Apporte-moi cette marmite » ; l'autre : « Donne-moi cette chaudière » ; l'autre : « Mets du bois dans 145 ce feu. » La terre s'ouvrit dans le même temps, et elle vit sous ses pieds comme une grande cuisine pleine de cuisiniers, de marmitons[15] et de toutes sortes d'officiers[16] nécessaires pour faire un festin magnifique. Il en sortit une bande de vingt ou trente rôtisseurs, qui allèrent se camper dans une allée du bois

---

12. Femelle du singe.
13. Gouvernait suivant ses conseils.
14. Attirance.

15. Apprentis cuisiniers.
16. Serviteurs.

50 autour d'une table fort longue, et qui tous, la lardoire [17] à la main, et la queue de renard sur l'oreille [18], se mirent à travailler en cadence au son d'une chanson harmonieuse.

La princesse, étonnée de ce spectacle, leur demanda pour qui ils travaillaient. « C'est, Madame, lui répondit le plus apparent de la bande, pour le prince Riquet à la houppe, dont les noces se feront demain. » La princesse, encore plus surprise qu'elle ne l'avait été, et se ressouvenant tout à coup qu'il y avait un an qu'à pareil jour, elle avait promis d'épouser le prince Riquet à la houppe, pensa tomber de son haut. Ce qui faisait qu'elle ne s'en souvenait pas, c'est que quand elle fit cette promesse, elle était une bête, et qu'en prenant le nouvel esprit que le prince lui avait donné, elle avait oublié toutes ses sottises.

Adrienne Ségur (xxe siècle),
illustration pour « Riquet
à la houppe ».

17. Brochette creuse permettant d'enfoncer des morceaux de lard dans une viande.
18. Les cuisiniers des grands seigneurs portaient un bonnet à queue pendante.

Elle n'eut pas fait trente pas en continuant sa promenade, que Riquet à la houppe se présenta à elle, brave [19], magnifique, et comme un prince qui va se marier.

« Vous me voyez, dit-il, Madame, exact à tenir ma parole, et je ne doute point que vous ne veniez ici pour exécuter la vôtre, et me rendre, en me donnant la main, le plus heureux de tous les hommes.

— Je vous avouerai franchement, répondit la princesse, que je n'ai pas encore pris ma résolution là-dessus, et que je ne crois pas pouvoir jamais la prendre telle que vous la souhaitez.

— Vous m'étonnez, Madame, lui dit Riquet à la houppe.

— Je le crois, dit la princesse et assurément si j'avais affaire à un brutal [20], à un homme sans esprit, je me trouverais bien embarrassée. Une princesse n'a que sa parole, me dirait-il, et il faut que vous m'épousiez, puisque vous me l'avez promis ; mais comme celui à qui je parle est l'homme du monde qui a le plus d'esprit, je suis sûre qu'il entendra raison. Vous savez que quand je n'étais qu'une bête, je ne pouvais néanmoins me résoudre à vous épouser ; comment voulez-vous qu'ayant l'esprit que vous m'avez donné, qui me rend encore plus difficile en gens que je n'étais, je prenne aujourd'hui une résolution que je n'ai pu prendre dans ce temps-là ? Si vous pensiez tout de bon à m'épouser, vous avez eu grand tort de m'ôter ma bêtise, et de me faire voir plus clair que je ne voyais.

— Si un homme sans esprit, répondit Riquet à la houppe, serait bien reçu, comme vous venez de le dire, à vous reprocher votre manque de parole, pourquoi voulez-vous, Madame, que je n'en use pas de même, dans une chose où il y va de tout le bonheur de ma vie ? Est-il raisonnable que les personnes qui ont de l'esprit soient d'une pire condition que celles qui n'en ont pas ? Le pouvez-vous prétendre, vous qui en avez tant.

| **19.** Élégant. | **20.** Homme grossier, vulgaire.

et qui avez tant souhaité d'en avoir ? Mais venons au fait, s'il vous plaît. À la réserve de[21] ma laideur, y a-t-il quelque chose en moi qui vous déplaise ? Êtes-vous mal contente de ma naissance, de mon esprit, de mon humeur, et de mes manières ?

— Nullement, répondit la princesse, j'aime en vous tout ce que vous venez de me dire.

— Si cela est ainsi, reprit Riquet à la houppe, je vais être heureux, puisque vous pouvez me rendre le plus aimable de tous les hommes.

— Comment cela se peut-il faire ? lui dit la princesse.

— Cela se fera, répondit Riquet à la houppe, si vous m'aimez assez pour souhaiter que cela soit ; et afin, Madame, que vous n'en doutiez pas, sachez que la même fée qui, au jour de ma naissance, me fit le don de pouvoir rendre spirituelle la personne qu'il me plairait, vous a aussi fait le don de pouvoir rendre beau celui que vous aimerez, et à qui vous voudrez bien faire cette faveur.

— Si la chose est ainsi, dit la princesse, je souhaite de tout mon cœur que vous deveniez le prince du monde le plus beau et le plus aimable ; et je vous en fais le don autant qu'il est en moi[22]. »

La princesse n'eut pas plus tôt prononcé ces paroles, que Riquet à la houppe parut à ses yeux l'homme du monde le plus beau, le mieux fait et le plus aimable qu'elle eût jamais vu. Quelques-uns assurent que ce ne furent point les charmes[23] de la fée qui opérèrent, mais que l'amour seul fit cette métamorphose. Ils disent que la princesse, ayant fait réflexion sur la persévérance de son amant, sur sa discrétion[24] et sur toutes les bonnes qualités de son âme et de son esprit, ne vit plus la difformité de son corps, ni la laideur de son visage, que sa bosse ne lui sembla plus que le bon air d'un homme qui fait

---

21. À part.
22. Autant que j'en ai le pouvoir.

23. Pouvoirs magiques.
24. Intelligence.

225 le gros dos, et qu'au lieu que jusqu'alors elle l'avait vu boiter effroyablement, elle ne lui trouva plus qu'un certain air penché qui la charmait ; ils disent encore que ses yeux qui étaient louches, ne lui en parurent que plus brillants, que leur dérèglement passa dans son esprit pour la marque d'un violent
230 excès d'amour, et qu'enfin son gros nez rouge eut quelque chose de martial[25] et d'héroïque.

Quoi qu'il en soit, la princesse lui promit sur-le-champ de l'épouser, pourvu qu'il en obtînt le consentement du roi son père. Le roi ayant su que sa fille avait beaucoup d'estime[26]
235 pour Riquet à la houppe, qu'il connaissait d'ailleurs pour un prince très spirituel et très sage, le reçut avec plaisir pour son gendre. Dès le lendemain les noces furent faites, ainsi que Riquet à la houppe l'avait prévu, et selon les ordres qu'il en avait donnés longtemps auparavant.

240
MORALITÉ

Ce que l'on voit dans cet écrit
Est moins un conte en l'air que la vérité même ;
Tout est beau dans ce que l'on aime,
Tout ce qu'on aime a de l'esprit.

245
AUTRE MORALITÉ

Dans un objet[27] où la Nature
Aura mis de beaux traits[28], et la vive peinture
D'un teint[29] où jamais l'Art ne saurait arriver,
Tous ces dons pourront moins pour rendre un cœur sensible,
250 *Qu'un seul agrément[30] invisible*
Que l'Amour y fera trouver.

---

25. Guerrier (de Mars, dieu de la guerre).
26. Respect.
27. Personne aimée.

28. Lignes du visage.
29. Couleur du visage.
30. Charme, qualité.

Repérer et analyser

Le début du conte

1 Par quelle formule d'entrée (voir p. 22) le conte commence-t-il ?

2 L'événement sur lequel s'ouvre le conte est-il heureux ou malheu-reux ? Citez le texte.

Le narrateur

Les interventions du narrateur

Bien que les contes de Perrault soient narrés à la troisième personne par un narrateur extérieur à l'histoire qu'il raconte (voir p. 22), il lui arrive parfois de manifester sa présence par de brèves *interventions* dans son récit.

3 Relevez dans le deuxième paragraphe la phrase dans laquelle se manifeste la présence du narrateur. Quel pronom personnel l'indique ?

Le lieu et le temps

4 Dans quel lieu la première rencontre de Riquet et de la princesse se produit-elle ?

5 Quelle est la durée du délai fixé par Riquet à la princesse pour qu'elle revienne l'épouser ?

La structure du conte

6 Quel événement important de la vie du héros est présenté dans la situation initiale ? Quel autre événement constitue la situation finale du conte ?

7 Quels sont les principaux événements qui s'enchaînent entre le début et la fin du conte ?

Les personnages principaux

Riquet

8 **a.** À quel détail physique Riquet doit-il son nom ? Citez le texte.

b. Quel don le prince nouveau-né reçoit-il de la fée ?

c. Relevez les infirmités et les particularités physiques qui soulignent la laideur de Riquet (l. 220 à 231).

La princesse

9 **a.** Au début du conte (l. 48-49), laquelle des deux princesses semble la plus favorisée ? Pour quelle raison ?

b. Quels sont les premiers signes d'intelligence de la princesse face à Riquet puis à la cour ?

c. Quel est le rôle de la princesse à la cour depuis qu'elle a de l'esprit (l. 123 à 136) ? En quoi y a-t-il eu changement ?

Les relations entre les personnages

10 **a.** Riquet et la princesse appartiennent-ils au même milieu social ? Quel est leur milieu ?

b. Ont-ils le même âge ? Justifiez votre réponse en citant le texte.

c. Quelle est la principale qualité et quel est le principal défaut de Riquet et de la princesse ?

d. En quoi Riquet et la princesse sont-ils complémentaires ?

Le merveilleux

11 Quels sont les différents éléments merveilleux que l'on trouve dans ce conte ?

Les procédés pour raconter

L'humour

12 **a.** Relevez des détails humoristiques qui soulignent la stupidité et la maladresse de l'aînée (l. 38 à 47).

b. À quel animal la cadette est-elle comparée aux lignes 121-122 (voir p. 37) ? Pourquoi ?

Les paroles rapportées

Le narrateur peut interrompre son récit pour rapporter entre guillemets les paroles des personnages telles qu'ils les ont prononcées : c'est le *style direct*. Lorsque plusieurs personnages échangent des propos, il s'agit d'un *dialogue*. Dans ce cas, les tirets indiquent le changement d'interlocuteur.

13 Comparez la manière dont sont rapportées les paroles de la fée aux paragraphes 1 et 4. Dans quel cas s'agit-il de paroles rapportées au style direct ?

Le dialogue argumentatif

Si les formes de discours les plus employées dans le conte sont les discours narratif et descriptif (voir p. 35), le narrateur peut aussi avoir recours à d'autres formes de discours comme :
– le *discours explicatif* qui cherche à faire comprendre un fait ou une action ;
– le *discours argumentatif* qui cherche à convaincre à l'aide d'arguments.
Lorsque des personnages échangent des arguments, il s'agit d'un *dialogue argumentatif*.

14 **a.** De quoi la princesse tente-t-elle de convaincre Riquet (l. 174 à 186) ? Quel est son principal argument ?
b. Riquet a-t-il été convaincu ?

La visée

15 Les deux moralités proposent-elles un conseil ou présentent-elles un constat ? Justifiez votre réponse.

16 Relevez dans l'une des moralités les deux vers qui résument le sujet du conte.

17 La première moralité attribue-t-elle la « transformation » de Riquet à une cause magique ou naturelle ?

18 Selon la seconde moralité, existe-t-il quelque chose de plus séduisant que la beauté physique ?

Étudier la langue

La langue du XVIIe siècle

19 D'après le contexte, donnez le sens de « donner la main » (l. 168).

Écrire

Rédiger un dialogue argumentatif

20 Comme vous avez pu le remarquer, nous ne savons pas ce que devient la cadette à la fin du conte. Imaginez que la cadette tente de convaincre sa sœur qu'elle a eu tort d'épouser Riquet. Présentez votre texte sous la forme d'un dialogue.

Se documenter

Le mariage sous l'Ancien Régime

On croit souvent que les gens se mariaient jeunes au XVIIe siècle. En fait, seuls les princes et les grands aristocrates faisaient des mariages précoces, tandis que l'âge moyen d'accès au mariage se situait plutôt vers vingt-sept ans pour les garçons et vingt-cinq ans pour les filles. Dans les milieux aisés, le mariage est souvent l'occasion, pour les parents des futurs époux, de « marier un sac d'argent avec un autre sac d'argent » (*Le Roman Bourgeois*, Antoine Furetière, 1666). La dot d'une jeune fille (les biens qu'elle apporte à son époux en se mariant), les richesses ou le métier d'un jeune homme ont souvent plus d'importance que leurs qualités personnelles.

Dans les campagnes, lorsqu'un jeune homme veut se marier, c'est au père de la jeune fille qu'il doit adresser sa demande en mariage. Souvent, le père de famille exprime alors sa décision par des gestes symboliques liés à l'hospitalité. Ainsi, s'il éteint le feu ou qu'il ne sert au jeune homme qu'un œuf ou bien de l'eau, c'est mauvais signe. En revanche, s'il reçoit le jeune homme en ajoutant des bûches dans le foyer, s'il lui offre de la viande ou bien un verre de vin, cela signifie qu'il lui accorde la main de sa fille. Dès lors, le jeune homme est autorisé à fréquenter la maison de sa promise pour lui faire sa cour sous le contrôle des parents.

Quelque temps plus tard a lieu la cérémonie : le cortège qui rassemble tous les villageois se rend à l'église, où l'échange des consentements s'effectue devant le curé qui ne « célèbre » pas le mariage au sens moderne, mais se contente d'en être le témoin privilégié. Si bien que certains jeunes gens désireux de se marier malgré le refus de leurs parents peuvent profiter d'une cérémonie religieuse pour échanger leur promesse sans que le curé soit au courant !

Deuxième partie

Contes
des frères Grimm

Introduction

Les contes
de Jakob Grimm (1785-1863)
et de Wilhelm Grimm (1786-1859)

Deux frères aux caractères opposés

C'est par leurs célèbres contes, dont le premier volume fut publié en 1812, que les frères Grimm ont acquis la célébrité à travers le monde entier. Mais ce succès les a confondus derrière leur nom de famille commun et a étouffé leurs personnalités respectives, pourtant très différentes.

L'un et l'autre naquirent en Allemagne, à Hanau, à un an d'intervalle. L'aîné, Jakob Grimm (1785-1863), était d'un tempérament vif et enthousiaste. Après des études de droit, il fit une brillante carrière, tour à tour bibliothécaire du roi de Westphalie, professeur d'histoire médiévale à l'Université de Göttingen et membre du parlement de Francfort. Le cadet, Wilhelm Grimm (1786-1859), était beaucoup plus discret que son frère. Il suivit néanmoins les pas de son brillant aîné et devint un savant reconnu, sous-bibliothécaire puis professeur lui aussi à l'Université de Göttingen.

Un projet commun

Jakob et Wilhelm étaient très proches l'un de l'autre ; ils avaient une passion commune pour la littérature du Moyen Âge, alors méconnue, pour les légendes anciennes des folklores allemands et scandinaves, pour ces vieilles histoires que l'on se transmettait de génération en génération lors des longues veillées familiales auprès du feu. Ils entreprirent ensemble de sauver de l'oubli ces contes populaires, ces chefs-d'œuvre de poésie qui hantaient depuis des générations l'imagination des petits et des grands.

La redécouverte d'une littérature populaire

Ainsi les frères Grimm se mirent à recueillir des contes oraux venus de toute l'Allemagne, puis à les transcrire à l'écrit. Lors de ce travail minutieux, ils refusaient de modifier le contenu des histoires, mais choisissaient toujours, parmi plusieurs versions d'un même conte, la plus simple. Jakob et Wilhelm s'efforçaient aussi de respecter les tournures de la langue paysanne et populaire et d'accorder une large part aux dialogues des personnages pour rendre leurs contes vivants et frais.

C'est cette volonté de respecter la simplicité des récits populaires qui rend les contes des frères Grimm très distincts de ceux de Perrault, plus littéraires, ou encore de ceux d'Andersen, souvent très poétiques. L'immense succès remporté par le premier volume de leurs contes les surprit et les ravit à la fois. Ils poursuivirent leurs travaux avec plus d'ardeur : un deuxième volume de contes, les *Contes d'enfants et du foyer*, puis un troisième (rédigé par le seul Wilhelm cette fois-ci) suivirent et eurent plus de succès encore. Ils furent bientôt traduits dans toute l'Europe.

Après une vie d'étude, Wilhelm puis Jakob s'éteignirent l'un après l'autre, heureux d'avoir pu sauvegarder toute une partie de la littérature populaire allemande, heureux princes qui surent réveiller de leur souffle de belles princesses endormies…

Contes des frères Grimm

La Belle au bois dormant

Il y avait dans le temps un roi et une reine qui se répétaient chaque jour : « Ah ! si seulement nous avions un enfant ! » Mais ils n'en avaient toujours pas. Un jour que la reine était au bain, il advint qu'[1] une grenouille sauta de l'eau pour s'avancer vers
5 elle et lui parler :

« Ton vœu sera exaucé[2], lui annonça-t-elle ; avant un an, tu mettras une fille au monde. »

Ce que la grenouille avait dit se produisit, et la reine donna naissance à une fille ; et l'enfant était tellement jolie que le roi
10 ne se tenait plus de joie et fit donner une grande fête. Il ne se contenta pas d'y inviter ses parents, amis et connaissances, mais il voulut aussi que les fées y eussent part[3] afin qu'elles fussent favorables et bienveillantes à l'enfant. On en comptait treize dans le royaume, mais comme il n'y avait que douze assiettes
15 d'or au palais, pour leur servir le festin[4], il fallut en laisser une chez elle.

La fête eut lieu et le festin se déroula au milieu des splendeurs, puis, quand tout finissait, les fées revêtirent[5] l'enfant de leurs dons merveilleux : de l'une, la vertu[6] ; de l'autre, la
20 beauté ; de la troisième, la richesse ; et ainsi de suite pour tout ce qu'on peut souhaiter et avoir au monde. La onzième venait juste de prononcer son incantation[7], quand brusquement entra la treizième : celle qui n'avait pas été invitée et qui voulait se venger. Sans un salut ni seulement un regard pour personne
25 elle lança à voix haute sur le berceau cette parole : « La princesse, quand elle aura quinze ans, se piquera avec un fuseau

---

1. Il arriva que.
2. Satisfait, réalisé.
3. Y participent.
4. Repas de fête.

5. Offrirent à.
6. Honnêteté, moralité.
7. Formule magique.
8. Instrument pour filer la laine.

Harry Clarke, « La Belle au bois dormant » (1920), dessin.

et tombera morte. » Sans un mot de plus, elle fit demi-tour et quitta la chambre. Dans l'effroi[9] général, la douzième fée qui avait encore à prononcer son vœu, s'avança vers le berceau ;
30 elle ne pouvait pas annuler la malédiction[10], mais elle pouvait en atténuer les effets, aussi prononça-t-elle :

« Ce n'est pas dans la mort que sera plongée la princesse, mais dans un sommeil profond de cent années. »

Le roi, qui eût bien voulu préserver son enfant chérie du
35 mauvais sort, fit ordonner que tous les fuseaux soient brûlés dans le royaume tout entier. Les dons des fées se réalisèrent pleinement chez l'enfant qui devint si belle, si vertueuse, si gracieuse et si intelligente que tous ceux qui seulement la voyaient se sentaient obligés de l'aimer.

40 Le jour de ses quinze ans, il se trouva que le roi et la reine furent absents et que la jeune princesse resta toute seule au château, où elle se mit à errer çà et là, visitant les chambres et les galeries, les salons et les resserres[11] selon sa fantaisie et son humeur. Sa promenade la conduisit finalement dans un
45 très vieux donjon[12], dont elle gravit marche à marche l'étroit escalier tournant pour arriver devant une petite porte, tout en haut. Il y avait une vieille clé rouillée dans la serrure, et quand elle la fit tourner, la porte s'ouvrit d'un coup, lui découvrant une chambrette où se tenait une vieille femme assise, le fuseau
50 à la main, occupée à filer son lin avec beaucoup d'ardeur[13].

« Bonjour, petite grand-mère, lui dit la princesse, que fais-tu là ?

– Je file, dit la vieille avec un bref mouvement de tête.

– Et cette chose-là, qui danse si joyeusement, qu'est-ce que
55 c'est ? » fit la demoiselle en s'emparant du fuseau pour essayer de filer elle aussi.

---

9. Grande peur.   **12.** Haute tour du château.
10. Mauvais sort.   **13.** Enthousiasme.
11. Réserves, greniers.

Mais elle l'avait à peine touché que l'incantation prenait son plein effet et qu'elle se piquait le doigt. Ce fut à peine si elle sentit la piqûre, car déjà elle tombait sur le lit, derrière elle, et s'y trouvait plongée dans le plus profond sommeil.

Ce sommeil profond se répandit sur le château entier, à commencer par le roi et la reine qui venaient de rentrer et se trouvaient encore dans la grand-salle, où ils se mirent à dormir, et avec eux toute la cour. Alors les chevaux s'endormirent dans les écuries, et les chiens dans la cour d'entrée, et les pigeons sur le toit, et les mouches même sur le mur, et le feu lui aussi, qui cessa de flamber dans la cheminée, et qui se fit silencieux et s'endormit ; le rôti sur la broche cessa de grillotter, et le cuisinier qui allait tirer l'oreille du marmiton[14] pour quelque bêtise, le laissa et dormit. Même le vent se coucha, et plus la moindre feuille ne bougea sur les arbres tout autour du château.

Mais autour du château la broussaille[15] épineuse se mit à croître et à grandir, à s'épaissir et à monter année après année, si bien que le château en fut d'abord tout entouré, puis complètement recouvert ; c'était à tel point qu'on ne le voyait plus du tout, non, pas même la bannière[16] sur la plus haute tour. Et peu à peu, dans le pays, circula la légende[17] de la belle Fleur-d'Épine endormie sous les ronces, car tel était le nom qu'on avait donné à la princesse ; et des princes y venaient de temps à autre, qui voulaient se forcer un passage à travers les buissons pour pénétrer dans le château. Mais c'était impossible parce que les buissons d'épines, comme avec des mains, se tenaient fermement ensemble, et les jeunes gens y restaient accrochés ; ils ne pouvaient plus s'en défaire et finissaient par mourir là de la plus misérable des morts.

---

14. Apprenti cuisinier.
15. Ensemble des ronces.
16. Drapeau.
17. Récit populaire mêlant événements historiques et merveilleux.

Après bien des années et encore bien des années, il arriva qu'un fils de roi passa dans le pays et entendit ce que racontait un vieillard sur ce massif d'épines, et comment il devait y avoir un château par-dessous, dans lequel une princesse d'une beauté
90 merveilleuse, appelée Fleur-d'Épine, dormait depuis cent ans déjà ; et avec elle dormaient aussi le roi, la reine et la cour tout entière. Ce prince avait également entendu raconter par son grand-père que de nombreux fils de rois étaient déjà venus et avaient essayé de passer à travers la broussaille, mais qu'ils en
95 étaient tous restés prisonniers, mourant là d'une affreuse mort.

Le jeune prince n'en déclara pas moins : « Je n'ai pas peur : je veux y aller et voir la belle princesse Fleur-d'Épine ! » Le bon vieillard put bien le lui déconseiller tant qu'il voulut, il n'écouta rien et n'entendit rien de ce qu'on lui disait.

100 Mais en vérité, les cent années se trouvaient justement révolues[18] et le jour était arrivé, que la princesse devait se réveiller. Quand le prince avança vers la haute roncière[19], il ne trouva plus rien devant lui que de belles et grandes fleurs épanouies, qui s'écartaient d'elles-mêmes pour lui ouvrir le passage, et
105 qui se resserraient derrière lui en refermant leur masse épaisse. Dans la cour du château, il vit les chevaux couchés dans leurs stalles[20] comme au-dehors, les grands chiens de chasse blancs et roux, qui dormaient ; sur le toit il vit des pigeons qui avaient tous la tête sous l'aile. À l'intérieur du château, quand il entra,
110 les mouches dormaient sur le mur ; le cuisinier, dans sa cuisine, avait toujours le bras tendu, comme s'il voulait attraper le petit marmiton, et la servante était assise avec la poule noire qu'elle allait plumer ; il pénétra dans la grand-salle du trône, où il vit toute la cour royale endormie et couchée çà et là ; et
115 plus haut, près du trône, le roi lui-même et la reine étaien

---

18. Accomplies, terminées.
19. Buisson de ronces.
20. Compartiments dans les écuries.

allongés. Il s'avança encore et s'en alla plus loin ; tout était si calme et si parfaitement silencieux qu'on s'entendait respirer ; et pour finir, le prince monta dans le vieux donjon, ouvrit la porte de la chambrette haute où la belle princesse Fleur-d'Épine dormait. Couchée là, elle était si merveilleusement belle qu'il ne pouvait pas en détourner ses yeux ; il se pencha sur elle et lui donna un baiser.

À la caresse de ce baiser, Fleur-d'Épine ouvrit les yeux, et la belle se réveilla tout à fait, regarda le prince d'un regard tendre et amoureux. Alors ils redescendirent ensemble et quand ils furent en bas, le roi se réveilla, puis la reine et toute la cour sortirent de leur sommeil, et tous s'entre-regardaient[21] avec des yeux ronds. Les chevaux dans la cour se relevèrent et s'ébrouèrent[22] ; les chiens de chasse bondirent en frétillant[23] de la queue ; les pigeons sur le toit tirèrent leur tête de sous l'aile, inspectèrent les environs et prirent leur vol ; les mouches recommencèrent à grimper le long des murs, cependant que le feu reprenait dans la cuisine et, flambant clair, remettait la cuisson en train ; le rôti à la broche grésilla de nouveau, et le cuisinier expédia une bonne taloche au marmiton, le faisant criailler, tandis que la servante se remettait à plumer sa volaille.

Alors furent célébrées avec splendeur les noces du prince avec la belle princesse, que la légende et les gens avaient nommée Fleur-d'Épine, et ce fut le bonheur pour eux jusqu'à la fin de leurs jours.

21. Se regardaient les uns les autres.
22. Soufflèrent.
23. Agitant.

Questions

Repérer et analyser

Le temps

1 **a.** Relevez la formule d'entrée et soulignez l'indication de temps qu'elle contient.

b. Cette indication permet-elle de dater précisément l'époque de l'histoire racontée ?

Le lieu

2 Dans quel lieu unique la majeure partie de l'histoire se déroule-t-elle ?

Les personnages

3 **a.** Dressez la liste des principaux personnages.

b. Quel personnage du conte possède un surnom ?

c. Les autres personnages sont-ils nommés ?

Les étapes du récit

4 Classez dans l'ordre chronologique les différentes étapes du récit en les numérotant de 1 à 6.

– Le réveil de la princesse et du château.

– Le mariage du prince et de la princesse.

– Le sommeil de la princesse et du château.

– La naissance de la princesse.

– L'arrivée du prince.

– La malédiction de la treizième fée.

La visée

5 Quelle est la leçon du conte ? Est-elle exprimée sous forme de morale ?

Comparer

« La Belle au bois dormant »
de Perrault et de Grimm

L'histoire

6 **a.** Quel conte est le plus long ?

b. Les deux contes racontent-ils la même histoire ?

7 Quel est le dernier événement de l'histoire dans chacun des contes ? L'histoire s'achève-t-elle au même moment ?

Les personnages

8 **a.** Lequel des deux contes donne des précisions sur le caractère de la jeune fille ? Justifiez votre réponse en citant le texte.

b. Relevez les passages soulignant la beauté de la princesse endormie (l. 120 à 122). Sont-ils plus développés chez Grimm ou chez Perrault ?

9 Dans quel conte la princesse endormie reçoit-elle un surnom ? Relevez ce surnom et expliquez-le.

10 Quel conte mentionne les sentiments et les impressions du jeune prince lorsqu'il va traverser la forêt et le château ?

11 Au moment du réveil du château, quel conte met en scène une majorité d'animaux ? Quel conte met en scène une majorité d'êtres humains ?

12 En conclusion, quel conte accorde une plus grande part à la présentation et aux sentiments des personnages ? Appuyez-vous sur vos réponses aux questions 8 à 11.

Le merveilleux

13 Dans le conte de Grimm, quel animal doué de parole annonce à la reine sa future grossesse ? Ce personnage apparaît-il dans le conte de Perrault ?

14 **a.** Dans quel conte le rôle des fées est-il plus développé que dans l'autre ? Justifiez votre réponse.

b. Dans quel conte la vengeance de la fée vous semble-t-elle la plus justifiée ? Pour répondre, dites si la mise à l'écart de la dernière fée est volontaire ou involontaire.

15 a. Combien de temps les ronces mettent-elles à recouvrir le château endormi dans chaque conte ? Appuyez-vous sur les indications temporelles.

b. Dans quel conte ce phénomène se déroule-t-il à un rythme naturel ? Dans quel conte est-il accéléré par un enchantement ?

16 Pour conclure, quel conte accorde une part plus importante au merveilleux ? Appuyez-vous sur vos réponses aux questions 13 à 15.

Les traditions religieuses

17 a. Dans le conte de Perrault, la naissance de l'enfant est immédiatement suivie par une cérémonie religieuse : laquelle ?

b. Cette cérémonie est-elle mentionnée dans le conte de Grimm ? Pour quelle raison le roi fait-il « donner une grande fête » (l. 10) ?

18 a. Quels personnages deviennent les marraines de la princesse chez Perrault ?

b. Ces personnages apparaissent également chez Grimm : deviennent-ils les marraines de l'enfant ?

19 En conclusion, les pratiques religieuses ont-elles la même importance dans les deux contes ? Appuyez-vous sur vos réponses aux questions 17 et 18.

La visée

20 Comparez la fin du conte chez Grimm et chez Perrault : est-elle dans les deux cas heureuse pour tous les personnages ? Justifiez votre réponse en citant les textes.

21 a. À la fin des deux contes, y a-t-il punition et récompense de certains personnages ? Justifiez votre réponse.

b. La moralité du conte de Perrault peut-elle s'appliquer au conte de Grimm ? Justifiez votre réponse.

22 Lequel de ces deux contes préférez-vous ? Donnez vos raisons.

Contes des frères Grimm

Le Ouistiti[1]

IL ÉTAIT UNE FOIS une princesse qui possédait, tout en haut du donjon, juste sous les créneaux, une grande salle avec douze fenêtres qui donnaient sur tous les secteurs du ciel; et lorsqu'elle y montait et regardait par ces fenêtres, la princesse pouvait surveiller et embrasser du regard tout son royaume. Par la première fenêtre, sa vue était déjà plus pénétrante que celle de tous les autres humains, mais elle y voyait mieux encore par la deuxième, et encore mieux par la troisième, et ainsi de suite de mieux en mieux jusqu'à la douzième fenêtre, d'où elle voyait tout ce qui se trouvait sur la terre et sous la terre sans que rien pût lui échapper ou lui rester caché.

Mais cette princesse était si orgueilleuse qu'elle ne voulait personne au-dessus d'elle et qu'elle tenait à régner seule. Aussi avait-elle fait publier qu'elle ne serait épousée que par celui qui saurait se cacher d'elle sans qu'elle pût le découvrir; mais celui qui tenterait l'épreuve, si elle le trouvait, serait décapité et aurait sa tête fichée[2] sur un pieu devant la porte du palais. Or, devant le palais, on pouvait voir déjà quatre-vingt-dix-sept têtes exposées sur autant de pieux, et bien du temps passa sans que personne vînt encore se risquer. La princesse s'en félicitait et s'en réjouissait. « Désormais, je resterai libre toute ma vie ! » pensait-elle.

Mais voici que trois frères arrivèrent devant elle, se présentèrent comme prétendants et lui dirent qu'ils désiraient tenter leur chance. Le premier fut l'aîné, qui se croyait sûr en allant se cacher dans une fosse à chaux[3], mais la princesse le découvrit dès la première fenêtre, le fit sortir de là et lui fit trancher la tête.

1. Singe de petite taille, à longue queue.
2. Plantée.
3. Substance blanche formant la base d'un grand nombre de pierres telles que le marbre et la craie.

Le second alla se cacher dans la cave même du château, mais elle le découvrit tout aussi aisément que l'autre, sans avoir à aller

30 plus loin que la première fenêtre, et c'en fut terminé pour lui : sa tête coupée occupa le quatre-vingt-dix-neuvième picu. Vint le tour du plus jeune qui s'avança devant elle et qui lui demanda, comme une faveur, une journée de sursis, afin de pouvoir mieux réfléchir ; et encore, qu'elle lui fît cadeau de deux fois, si elle le

35 trouvait ; mais à la troisième fois, s'il n'avait pas réussi, il n'aurait plus aucune raison de tenir à la vie. Il était si beau, et il lui avait fait sa demande avec tant de cœur, qu'elle lui dit : « Je te l'accorde bien volontiers, mais tu ne réussiras pas. »

Le lendemain, après avoir longtemps réfléchi en vain pour

40 trouver où se cacher, il empoigna sa carabine et partit à la chasse. Il vit d'abord un corbeau et le mit en joue, le doigt sur la gâchette. « Ne tire pas ! lui cria le corbeau, je te le revaudrai ! » Le jeune homme abaissa son arme et s'en alla plus loin, arrivant sur le bord d'un lac au moment où surgissait à la

45 surface, un gros poisson venu des eaux profondes. « Ne tire pas, je te le revaudrai ! » cria le poisson que le jeune homme allait tirer. Il le laissa s'en retourner au fond du lac et poursuivit sa promenade, qui lui fit rencontrer un renard boiteux. Il le tira de loin et le manqua. « Tu ferais mieux de venir me

50 tirer cette épine du pied ! » lui cria alors le renard. Il le fit, certes, mais après il voulait le tuer et ramener sa peau. « Laisse donc ! lui dit le renard, je te le revaudrai ! » Il le laissa filer, et comme le soir tombait, il s'en revint lui-même chez lui. La nuit passa et vint le jour de son épreuve : il devait se cacher ; mais il avait

55 eu beau se casser la tête, il ne savait toujours pas où, ni comment le faire. Il s'en alla trouver le corbeau dans la forêt et lui parla ainsi : « Je t'ai laissé la vie, et maintenant c'est à toi de me dire où je dois me cacher pour que la princesse ne puisse pas me découvrir. » Le corbeau inclina la tête et réfléchit longuement

60 puis il croassa pour finir : « J'ai trouvé ! » Il prit un œuf dan son nid, l'ouvrit en deux, y fit entrer le jeune homme, le referma

sans laisser de trace visible, puis le remit dans son nid avec les autres œufs, sur lesquels il se posa lui-même et resta à couver. À la première fenêtre, la princesse ne parvint pas à le découvrir, ni à la seconde, ni aux suivantes, et elle commençait vraiment à être inquiète ; mais quand elle fut devant la onzième fenêtre, elle le vit. Elle fit abattre le corbeau, ramener l'œuf qui fut ouvert, et le jeune homme dut sortir.

« La première fois, je t'en ai fait grâce, lui dit-elle, mais si tu ne fais pas mieux, tu es perdu. »

Le lendemain, pour la seconde épreuve, il s'en fut trouver le gros poisson sur le bord du lac, l'appela et lui dit : « Je t'ai laissé la vie, alors dis-moi où je puis me cacher de façon que la princesse ne me trouve pas. » Après avoir longtemps réfléchi, le poisson finit par crier : « Je sais ! » Il avala le jeune homme et redescendit au fond, tout au fond du lac en l'emportant dans son ventre. La princesse alla devant ses fenêtres et ne le vit point ; elle passa avec une inquiétude croissante de l'une à l'autre et commença à s'affoler en ne le voyant pas non plus dans la onzième. Mais à la fin, tout à la fin, dans la douzième, elle le découvrit. Elle fit prendre et tuer le poisson, et le jeune homme réapparut au jour. Dans quel état moral il se trouvait, on peut facilement se l'imaginer !

« Pour la seconde fois, je te fais grâce, lui dit la princesse, mais ta tête s'en ira finir sur le centième pieu. »

Le dernier jour, avec le cœur qui lui pesait, il s'en alla dans la campagne et rencontra le renard. « Toi qui connais toutes les ruses, lui dit-il, je t'ai laissé la vie, alors dis-moi où je pourrais me cacher pour que la princesse soit incapable de me découvrir. » Le renard fronça les sourcils, prit un air soucieux et avoua : « Pas commode, cette affaire ! » Pourtant, après mûre et profonde réflexion, il s'exclama : « Ça y est ! J'y suis ! » Il l'emmena jusqu'à une source, où il commença par se plonger lui-même, pour en ressortir sous l'aspect d'un montreur d'animaux ; puis il fit s'y plonger le jeune homme à son tour, qui se

trouva changé en un petit ouistiti. Le forain[4] gagna la ville et
y montra son étrange et charmante petite bête, attirant autour
d'elle toute une foule d'admirateurs. La princesse elle-même
y vint en dernier lieu, s'en amusa et y trouva tant de plaisir,
100 qu'elle l'acheta et donna pour l'avoir beaucoup d'argent au
montreur, qui glissa dans l'oreille du petit singe, avant de le
laisser partir avec elle : « Quand la princesse montera pour aller
regarder par ses fenêtres, cache-toi vite sous son chignon. »

Le moment venu, la princesse s'en alla devant ses fenêtres
105 pour le chercher ; elle ne commença guère à s'inquiéter qu'après
l'avoir cherché sans le voir en regardant par la onzième fenêtre ;
mais lorsqu'elle eut regardé dans la douzième sans le voir ni
le trouver nulle part, la crainte et la fureur explosèrent en elle
avec violence ; elle la claqua avec une telle rage qu'elle fit sauter
110 en mille éclats les vitres de toutes les autres fenêtres et que le
château lui-même en trembla jusque dans ses fondations.
Comme elle s'en retournait, elle sentit soudain le ouistiti dans
son chignon, le tira de là et le jeta par terre en criant : « Va-t'en !
et que je ne te revoie plus ! Allez, ouste ! Hors d'ici ! »

115 Le ouistiti courut retrouver son montreur et tous deux se hâtè-
rent vers la source, qui leur rendit leur véritable forme dès qu'ils
s'y furent plongés. Le jeune homme remercia alors le renard et
lui dit : « À côté de toi, le corbeau et le poisson sont de parfaits
idiots, et c'est toi qui connais les bons trucs, voilà la vérité ! »
120 Puis il se rendit tout droit au château où la princesse l'attendait,
prête à subir son destin. Les noces furent célébrées, et il fut
désormais le roi et le seigneur, le maître et le souverain du
royaume tout entier. Jamais il ne lui révéla où il s'était caché et
qui l'avait aidé cette troisième et dernière fois ; aussi la princesse
125 crut-elle qu'il avait tout tiré de sa propre science et de la force
de son art. « Il est plus fort que moi », pensait-elle, et elle avait
pour lui autant de respect que de haute considération.

| **4.** Marchand qui va de foire en foire (ici, désigne le montreur d'animaux).

Repérer et analyser

La structure du conte

La situation initiale et l'élément modificateur

1 Délimitez les lignes qui constituent la situation initiale de ce conte. À quel temps les verbes sont-ils principalement conjugués ?

2 Relevez dans la situation initiale les indications de lieu et de temps. Sait-on précisément où et quand se déroule cette histoire ?

3 L'épreuve

> Dans les contes traditionnels, les personnages ont souvent à subir des épreuves pour prouver leur valeur et remporter ce qu'ils désirent ; leur succès permet de souligner leurs qualités.

a. En quoi consiste l'épreuve imposée par la princesse ?
b. Pourquoi a-t-elle institué une telle épreuve ? Justifiez votre réponse.

4 **a.** Quel est l'événement qui rompt la situation initiale ?
b. Relevez l'expression qui introduit cet événement. Quel changement de temps verbal constatez-vous ?

L'enchaînement des actions

5 **a.** Combien de prétendants y a-t-il eu avant le plus jeune des frères ?
b. En quoi le comportement de ce dernier diffère-t-il de celui de ses deux frères ? Appuyez-vous sur les lignes 31 à 38.

6 Quelles sont les deux faveurs que la princesse accorde au plus jeune des trois frères ? Pour quelles raisons ?

7 Les nombres symboliques

> Les contes sont souvent bâtis autour de *nombres symboliques* (3, 7, 12…) : nombre des personnages (sept chevreaux, trois frères), situations qui se répètent… Dans les croyances populaires et religieuses, chacun de ces nombres possède une signification symbolique. Dans la pensée chrétienne par exemple, *trois* est le nombre de Dieu, celui de la perfection. *Douze* est également un nombre bénéfique, car les disciples de Jésus-Christ sont au nombre de douze. En revanche, *treize* est un nombre maléfique, le nombre de la mort, car il correspond au nombre de personnes qui ont partagé le dernier repas de Jésus avant sa mort.

Quel est le nombre qui structure le conte ? Pour répondre, dites :
– combien de frères tentent leur chance en se soumettant à l'épreuve imposée par la princesse ;

– combien d'animaux le plus jeune des frères rencontre dans la forêt ;
– combien de fois il doit se cacher avant de triompher.

Le dénouement et la situation finale

8 **a.** Par quel moyen le cadet parvient-il à triompher de la princesse ?
b. Pourquoi la princesse ne réussit-elle pas cette fois à découvrir où se cache le cadet ?

9 Comparez le début et la fin du conte : qu'est-ce qui a changé pour la princesse ? et pour le plus jeune des trois frères ?

Les personnages

Les personnages des contes traditionnels

> Les personnages des contes n'ont souvent pas de noms et sont peu caractérisés. Les personnages humains peuvent être désignés par leur fonction ou par leur métier (un roi, un ancien soldat…), ou par un lien familial (trois frères, l'aîné…). Les personnages animaux sont généralement désignés par le nom de leur espèce (un renard, un rossignol…).

10 **a.** En quoi le titre de ce conte est-il surprenant ? Quel personnage ce titre désigne-t-il ?
b. Quel passage du conte permet de comprendre la signification de ce titre ? Sur quel élément du merveilleux ce titre met-il l'accent ?

11 Connaît-on les noms des différents personnages ? Sont-ils caractérisés physiquement ?

Le cadet

12 Le « plus jeune » (l. 32) : relevez dans l'ensemble du conte les autres mots ou expressions qui désignent ce personnage.

13 « Jamais il ne lui révéla […] et dernière fois » (l. 123-124) : pour quelle raison selon vous le cadet garde-t-il ce secret envers sa femme ?

La princesse

14 **a.** « Mais cette princesse était si orgueilleuse » (l. 12) : quel est le sens de l'adjectif « orgueilleux » ? En quoi son orgueil consiste-t-il ?
b. Relevez dans l'ensemble du conte les actes et les paroles de la princesse qui témoignent de sa cruauté.

Le renard

15 Quelle qualité est généralement attribuée au renard ? En quoi peut-on dire que le renard de ce conte est fidèle à cette réputation

Les forces en présence ou le schéma actantiel

Le *schéma actantiel* permet d'identifier les forces agissantes qui s'exercent sur un personnage, qu'on appelle alors le *sujet* :
– le *destinateur* : qu'est-ce qui pousse le sujet à agir (un autre personnage, l'amour, la jalousie, le désir de se marier…) ?
– l'*objet de la quête* : que cherche à obtenir le sujet ?
– les *adjuvants* : qui l'aide dans sa quête (personnage ou objet) ?
– les *opposants* : qui s'oppose à lui ?
– le *bénéficiaire* : à qui la quête profite-t-elle (au sujet lui-même ou à un autre personnage) ?

16 Que cherche à obtenir chacun des trois frères ? Chacun agit-il pour lui ou pour un autre ?

17 **a.** Quels sont les personnages qui viennent en aide au cadet ?
b. En quoi la princesse s'oppose-t-elle au cadet ? En quoi l'aide-t-elle également un peu ?

18 En prenant le cadet pour sujet, reconstituez le schéma actantiel.

Le merveilleux

19 En quoi les animaux de ce conte sont-ils merveilleux ?

20 Les lieux enchantés

Dans les contes merveilleux, les personnages traversent des *lieux enchantés* qui possèdent un pouvoir magique et qui abritent parfois des êtres merveilleux : fontaine de jouvence (qui procure à celui qui boit de son eau une éternelle jeunesse), château hanté, forêt enchantée…

a. Quels sont les deux lieux magiques de ce conte ? Quelle est la particularité de chacun d'eux ?
b. En quoi chacune des deux premières cachettes du cadet relève-t-elle du merveilleux ?
c. En quoi la troisième tentative du cadet de se dissimuler diffère-t-elle des deux précédentes ?

21 Quels sont les personnages qui subissent une métamorphose dans ce conte ? En quoi sont-ils transformés ? Quel rôle ces métamorphoses jouent-elles dans le déroulement de l'histoire ?

La visée

22 La princesse est-elle punie à la fin ? Quelle leçon reçoit-elle ?

Contes des frères Grimm

Yorinde et Yoringue

IL ÉTAIT UNE FOIS un vieux château au cœur d'une grande et
épaisse forêt ; il n'était habité que par une seule et unique vieille
femme qui était une archisorcière[1]. Le jour, elle se transformait en chatte ou en chouette, mais la nuit elle redevenait
5 normalement la femme qu'elle était. Elle avait le pouvoir
d'attirer et de fasciner[2] le gibier et les oiseaux, qu'elle captu-
rait sans se déplacer, pour les mettre à la marmite ou sur la
rôtissoire. Si quelqu'un approchait du château, à la distance
de cent pas il était immobilisé et figé sur place, incapable de
10 faire un mouvement tant qu'elle ne l'avait pas désensorcelé ;
mais si d'aventure[3] c'était une pure jeune fille qui entrait dans
ce cercle magique de cent pas, la sorcière la transformait en
oiseau et la mettait dans une corbeille, puis elle portait la
corbeille dans une chambre du château. Elle avait bien sept
15 mille corbeilles de cette sorte dans le château, et dans chacune
un oiseau de cette rare espèce.

Or, il y avait aussi une jeune fille qui s'appelait Yorinde, et
qui était la plus belle de toutes les vierges[4] de son temps ; et il
y avait encore un très beau garçon qui s'appelait Yoringue, et
20 tous deux s'étaient promis l'un à l'autre. Ils étaient au temps de
leurs fiançailles et se trouvaient extrêmement heureux en compagnie l'un de l'autre. Pour se faire leurs confidences et parler en
toute intimité, ils s'en allèrent se promener dans la forêt.

« Garde-toi bien et fais attention de ne pas t'approcher du
25 château ! » dit Yoringue.

La soirée était magnifique et le soleil couchant coulait de
l'or entre les branches des arbres sous le vert sombre de la

---

1. Sorcière très puissante.   **3.** Par hasard.
2. Charmer.   **4.** Jeunes filles.

forêt; dans le feuillage des hêtres centenaires, la tourterelle faisait entendre son chant plaintif. Yorinde pleurait par moments, s'arrêtant dans les rayons du soleil avec une plainte; et Yoringue pleurait et gémissait aussi. Ils se sentaient tout désemparés, bouleversés comme s'ils allaient mourir: ils regardaient de tous côtés, mais ils étaient perdus et ne savaient plus du tout par où ils devaient aller pour rentrer. Déjà il ne restait plus qu'une moitié de soleil par-dessus la montagne, l'autre moitié était dessous. En regardant dans le taillis, Yoringue aperçut le vieux mur du château tout près, là, tout près de lui; il en fut tout épouvanté et saisi d'une angoisse mortelle. Yorinde chantait:

> *Mon oiselet[5] au rouge anneau*
> *Chante douleur, douleur, douleur:*
> *Chante à la mort du tourtereau[6],*
> *Chante douleur, doul... twicut, twic!...*

5. Petit oiseau. | 6. Jeune tourterelle encore au nid.

Yoringue se tourna vers Yorinde. Yorinde venait d'être trans-
45 formée en un rossignol qui chantait « twicut, twic ! » Une
chouette aux yeux phosphorescents vint tourner trois fois
autour d'elle, battant lourdement des ailes, et par trois fois
elle poussa son ululement : « Oulou-hou-houou… » Yoringue
ne pouvait bouger, pas faire le moindre mouvement ; il était
50 figé là comme une pierre ; il ne pouvait ni pleurer, ni crier ;
rien. Le soleil, à présent, avait complètement disparu : la
chouette vola jusqu'à un buisson touffu, d'où sortit immédiatement une vieille femme toute tordue, maigre et jaune,
avec de gros yeux rouges proéminents, et un nez si crochu qu'il
55 lui touchait la pointe du menton. Tout en marmonnant des
choses, elle attrapa le rossignol et l'emporta sur son poing.

Yoringue ne put rien dire, ne put absolument pas bouger. Le
rossignol était loin.

La femme finit par revenir et prononça d'une voix caverneuse :
60 « Je te salue, Zéchiel[7], lorsque la lune en la corbeille brille ; défais
les liens, Zéchiel, à la bonne heure ! » Et Yoringue se trouva libre.

Il se jeta aux genoux de la vieille femme, la suppliant de lui
rendre Yorinde ; mais elle lui dit qu'il ne l'aurait jamais plus,
et s'en alla. Il eut beau appeler, pleurer, gémir, rien n'y fit. « Que
65 vais-je devenir, oh ! que vais-je devenir ? »

Yoringue s'éloigna et finit par arriver dans un village
inconnu, où il resta longtemps à garder les moutons. Il s'en
allait souvent tourner autour du vieux château, mais pas trop
près. Et pour finir il eut un rêve, une nuit, où il trouvait une
70 fleur rouge de sang, dont le cœur était une perle très belle et
très grosse. Il cueillait la fleur et avec elle se rendait au château,
et tout ce qu'il touchait avec la fleur était délivré de l'enchantement[8]. Dans son rêve, il avait aussi retrouvé sa Yorinde
grâce à la fleur.

---

7. Prophète hébreu qui apparaît dans la Bible.
8. Ici, sortilège.

Le matin, quand il fut réveillé, il courut aussitôt par monts et par vaux à la recherche d'une fleur pareille. Huit jours durant, il la chercha, et à l'aube du neuvième jour, il trouva la fleur rouge de sang. Elle avait dans son cœur une grosse goutte de rosée, aussi grosse qu'une belle perle. Cette fleur, il la porta jour et nuit jusqu'à ce qu'il fût au château. Quand il franchit le cercle des cent pas, il ne fut pas cloué sur place, non : il s'avança jusqu'au grand porche de l'entrée. Yoringue se sentait transporté de joie. Il toucha la grand-porte avec la fleur, et les deux lourds battants s'ouvrirent aussitôt. Il entra, s'avança dans la cour, écouta pour savoir où étaient les oiseaux, et il les entendit enfin. Alors il y alla et entra dans la salle, où la sorcière était en train de donner à manger à ses oiseaux dans leurs sept mille corbeilles. Lorsqu'elle vit Yoringue, elle entra en fureur, dans une terrible fureur, crachant l'insulte, le fiel[9] et le poison contre lui, mais sans pouvoir l'approcher à deux pas. Il ne s'occupa pas d'elle, mais s'avança tout droit vers les paniers aux oiseaux pour les examiner ; des rossignols, hélas ! il y en avait des centaines et des centaines. Comment pourrait-il jamais retrouver sa Yorinde dans un pareil nombre ? Il était là, perplexe, plongé dans sa contemplation, quand il aperçut, du coin de l'œil, la vieille qui emportait subrepticement[10] une petite corbeille avec son oiseau dedans, essayant de se glisser vers la porte. Il y vola d'un bond, toucha le panier avec sa fleur, et la vieille femme aussi. À présent, elle était impuissante avec ses sortilèges, et Yorinde était là, qui lui jeta les bras autour du cou ; et elle était toujours aussi belle, aussi belle qu'elle l'avait toujours été !

Alors Yoringue rendit à leur virginité[11] tous les autres oiseaux, puis il ramena Yorinde à la maison, où ils vécurent encore longtemps, infiniment heureux l'un avec l'autre.

---

9. La bile (liquide amer sécrété par le foie).
10. À l'insu de quelqu'un, en se dissimulant.
11. Rendit à leur état de jeune fille.

Questions

Repérer et analyser

Les formules d'entrée

1 **a.** Par quelle formule traditionnelle ce conte débute-t-il (voir p. 22) ?

b. Par quelles formules les personnages sont-ils présentés dans le deuxième paragraphe ?

La structure du conte

La situation initiale et l'élément modificateur

2 Relevez les indications de lieu et de temps. Vous permettent-elles de savoir à quelle époque et dans quel pays se déroule l'histoire ?

3 Relisez les lignes 1 à 23.

a. À quel temps les verbes sont-ils principalement conjugués ?

b. Quel nouveau temps apparaît à la ligne 23 ? Qu'introduit ce changement de temps dans la structure du récit ?

L'enchaînement des actions

4 **a.** Quelle mésaventure Yorinde subit-elle ?

b. Quelle épreuve Yoringue doit-il surmonter pour pouvoir délivrer sa bien-aimée ?

c. Cette épreuve lui est-elle imposée par quelqu'un ? Combien de temps met-il à la remplir ? Justifiez vos réponses.

5 **a.** Quelle nouvelle difficulté Yoringue rencontre-t-il (l. 88 à 101) ?

b. Quel nouvel événement lui permet de surmonter cette difficulté ?

Le dénouement et la situation finale

6 Quelle est la dernière série d'actions qui permet à l'histoire de se terminer ? Quelle est la situation finale ?

7 Comparez la situation initiale et la situation finale. Pour quel personnage y a-t-il eu changement ? En quoi ?

Le discours descriptif

8 Relisez les lignes 26 à 29.

a. Quel moment de la journée est évoqué dans ces lignes ? Qu'est-ce qui est décrit ?

b. La métaphore

La *métaphore*, comme la comparaison (voir p. 38), met en relation deux éléments, le comparé et le comparant, pour en souligner le point commun. La métaphore, à la différence de la comparaison, ne comporte pas d'outil de comparaison. Exemple : « La mer est un miroir ». *Comparé :* la mer ; *comparant :* miroir ; *point commun :* la brillance.

Relevez une métaphore dans ce passage et analysez-la. Quel est l'effet produit ? La description est-elle méliorative ou péjorative ?

Les personnages

Yorinde et Yoringue

9 **a.** Relisez les lignes 17 à 23. Quelle remarque pouvez-vous faire sur les sonorités des prénoms Yorinde et Yoringue ?

b. Quelle qualité physique les jeunes gens partagent-ils ? Citez le texte.

c. Quel est le lien qui unit Yorinde et Yoringue ? En quoi les sonorités de leurs prénoms soulignent-elles ce lien ?

10 Le champ lexical (l. 26 à 39)

Un *champ lexical* est un ensemble de mots ou d'expressions qui se rattachent à une même notion. Exemple : coque, voile, moussaillon, port... appartiennent au champ lexical de la navigation.

a. Quels sont les sentiments éprouvés par Yorinde et Yoringue ? Pour répondre, relevez le champ lexical de la détresse et de la tristesse.

b. Pourquoi éprouvent-ils ces sentiments ? Justifiez votre réponse.

11 Dans l'ensemble du conte, en quoi peut-on dire que Yoringue est fidèle à Yorinde ? Qui s'oppose à leur bonheur ?

L'archisorcière

12 **a.** Repérez le passage qui présente un portrait physique de l'archisorcière. Quels éléments caractéristiques des sorcières retrouvez-vous dans ce portrait ? Quelle est la visée de ce portrait ?

b. Quel est le trait de caractère dominant de l'archisorcière ?

c. En quoi y a-t-il accord entre les caractéristiques physiques et morales de ce personnage ?

Le merveilleux

Les pouvoirs de l'archisorcière

13 a. Relisez le premier paragraphe. Quels sont les différents pouvoirs de l'archisorcière ? Lesquels utilise-t-elle ?

b. La formule magique

> Les personnages des contes merveilleux prononcent des formules mystérieuses, dites *formules magiques*, qui leur permettent d'obtenir ce qu'ils souhaitent. Ainsi Ali Baba, dans le conte « Ali Baba et les quarante voleurs » tiré des *Mille et Une Nuits*, doit prononcer la formule « Sésame, ouvre-toi ! » pour que s'ouvre la porte de la caverne renfermant les trésors des brigands.

Quelle formule magique l'archisorcière prononce-t-elle ? Quel en est l'effet ?

La métamorphose

14 En quel oiseau Yorinde est-elle transformée ? Quelle est la particularité de cet oiseau ? À votre avis, pourquoi Yorinde est-elle transformée en cet oiseau précisément ?

L'objet magique

15 Quels sont les pouvoirs de la fleur rouge de sang ?

La visée

16 En quoi ce conte, outre le fait qu'il vise à divertir, a-t-il une visée morale ? Pour répondre, dites qui est puni dans ce conte et pour quelle raison, et qui est récompensé.

Écrire

Modifier l'enchaînement des actions

17 Relisez « Yorinde et Yoringue » jusqu'à la ligne 69. Imaginez que Yoringue rêve à un autre objet magique que la fleur rouge de sang qu'il va devoir rechercher pour délivrer Yorinde. Vous commencerez par la phrase : « Et pour finir, il eut un rêve, une nuit… », puis vous inventerez une série d'actions (recherche de l'objet magique dont il a rêvé) jusqu'à la phrase : « Quand il franchit le cercle des cent pas…

À partir de là, vous conserverez la fin du conte en remplaçant « la fleur » par l'objet magique que vous aurez choisi.

Lire

« Le Rossignol » d'Andersen

18 Le rossignol est un oiseau célèbre pour la beauté de son chant, particulièrement mélodieux et harmonieux. C'est parce qu'elle chante merveilleusement bien que Yorinde est métamorphosée précisément en rossignol. Lisez le conte d'Andersen intitulé « Le Rossignol », dans lequel un empereur chinois autoritaire se laisse séduire par le chant du rossignol.

Se documenter

Les sorcières

Le mot « sorcière » provient du latin populaire *soritaria*, qui désigne une femme capable de connaître et de prédire l'avenir, douée de pouvoirs magiques. Selon les croyances populaires du Moyen Âge puis de la Renaissance, les sorcières sont des femmes d'une laideur repoussante ou au contraire d'une extraordinaire beauté qui ont conclu un pacte avec le diable pour bénéficier de pouvoirs surnaturels. Elles sont notamment capables de se métamorphoser en différents animaux considérés comme maléfiques (crapaud, serpent, chat noir, chouette…) et de séduire par leur pouvoir les autres hommes ; elles possèdent un balai magique qui est en quelque sorte leur baguette magique et qu'elles chevauchent pour voler. Elles se réunissent lors de grandes fêtes appelées sabbats au cours desquelles elles célèbrent le culte du diable (Satan), leur maître.

Dans les campagnes, pendant des siècles, les femmes soupçonnées de sorcellerie ont été jugées et souvent tuées, brûlées vives sur un bûcher. Les sorcières des contes merveilleux témoignent de ces croyances populaires, longtemps répandues. Elles représentent le mal et la méchanceté, et ont pour but d'effrayer les petits enfants, fascinés par les histoires que leur content leurs parents.

Contes des frères Grimm

Le Loup et les Sept Chevreaux

IL ÉTAIT UNE FOIS une vieille chèvre qui avait sept chevreaux qu'elle aimait comme une mère sait aimer ses enfants. Un jour qu'elle voulait aller dans la forêt pour leur chercher de quoi manger, elle les appela tous les sept et leur dit : « Mes chers
5 petits, je vais aller à la forêt ; alors prenez bien garde au loup et méfiez-vous bien, car s'il entrait ici, il vous dévorerait sans laisser peau ni poil. C'est un grand scélérat[1] qui sait souvent se faire prendre pour un autre, mais vous le reconnaîtrez tout de suite à sa grosse voix et à ses pattes noires. » Les chevreaux
10 répondirent : « Oui, chère mère, nous allons faire bien attention et vous pouvez partir tranquille. »

La vieille mère approuva d'un chevrotement[2] et se mit en route, rassurée.

Du temps, il ne s'en passa guère avant que quelqu'un vînt
15 devant leur porte frapper et appeler : « Ouvrez, mes chers enfants, c'est votre mère qui revient et qui apporte pour chacun un petit quelque chose ! » Mais les chevreaux reconnurent à sa grosse voix que c'était le loup. « Non, nous n'ouvrirons pas, répondirent-ils ; tu n'es pas notre mère, qui a la voix douce et
20 aimable, parce que tu as une grosse voix et tu es le loup. » Alors le loup courut chez le petit marchand s'acheter un gros morceau de craie, qu'il avala pour se faire la voix douce. Puis il revint, frappa à la porte de la maison et cria : « Ouvrez, mes chers enfants, c'est votre mère qui revient et qui apporte pour chacun
25 un petit quelque chose ! » Mais le loup avait appuyé sa patte

---

1. Criminel.
2. Le bêlement de la chèvre, c'est-à-dire son cri.

noire sur le rebord de la fenêtre, et les petits chevreaux qui l'avaient vue, lui crièrent : « Non, nous n'ouvrirons pas ! Notre mère n'a pas une vilaine patte noire comme toi, et tu es le loup. » Alors le loup courut chez le boulanger et lui dit : « Je me suis donné un coup sur la patte ; pétris-moi un emplâtre[3] dessus. » Et lorsque le boulanger lui eut enduit son membre de pâte, le loup trotta chez le meunier pour lui dire : « Saupoudre-moi cet emplâtre de farine blanche. » Mais le meunier pensa : « Le loup est sûrement en train de vouloir tromper quelqu'un. » Et il refusa. Alors le loup prit sa grosse voix et lui dit : « Si tu ne le fais pas, je te dévore, toi. » Le meunier s'apeura et lui blanchit la patte. Eh ! oui, les gens sont comme cela.

Voilà le méchant loup qui revient pour la troisième fois frapper à la porte de la maison et qui dit : « Ouvrez-moi, mes enfants, c'est votre chère petite maman qui est de retour et qui rapporte de la forêt un quelque chose pour chacun de vous ! » Et les petits chevreaux répondent : « Montre-nous d'abord ta patte, que nous puissions voir si tu es bien notre petite maman chérie. » Le loup posa sa patte à la fenêtre, et comme ils virent que la patte était blanche, ils crurent tous que c'était vrai, ce qu'il leur avait dit, et ils ouvrirent la porte. Mais qui entra ? Le loup. L'épouvante les prit et ils cherchèrent à se cacher. L'un sauta sous la table, le second dans le lit, le troisième dans la cheminée, le quatrième dans la cuisine, le cinquième dans l'armoire, le sixième derrière la bassine et le septième dans la gaine[4] de la haute pendule. Mais le loup sut bien les trouver et ne se perdit pas en discours : il les engloutit tous l'un après l'autre d'un seul coup de gueule. Tous, sauf le dernier qui était le plus jeune, et qui s'était fourré dans la gaine de la pendule. Celui-là, il ne le trouva pas. Ayant ainsi assouvi[5] son envie

---

3. Pâte épaisse et adhérente que l'on applique sur une partie du corps (médecine).

4. Ici, meuble en bois dans lequel se trouve la pendule.
5. Satisfait.

et satisfait sa faim, le loup quitta les lieux et s'en alla au petit trot se coucher sous un arbre dans le pré, où il ne tarda pas à s'endormir.

Dame Biquette, la pauvre mère, s'en revenait alors de la forêt
60 à la maison ; et quand elle arriva, hélas ! quel horrible spectacle ne découvrit-elle pas ! La porte d'entrée grande ouverte : la table, les chaises et les bancs renversés, la bassine en morceaux, le lit complètement défait, les couvertures arrachées, les oreillers par terre. Elle chercha ses petits, mais ne les trouva nulle part.
65 L'un après l'autre, elle les appela par leur nom, mais en vain : ils ne répondaient pas. Tout à la fin pourtant, quand elle arriva au septième, une toute petite voix se fit entendre : « Maman chérie, je suis caché dans la boîte de l'horloge. » Elle l'en sortit, et il lui raconta que le loup était venu et qu'il avait dévoré
70 tous les autres. Vous pouvez vous imaginer comme elle pleura ses malheureux enfants !

Écrasée de chagrin, elle finit par quitter sa maison, et son petit chevreau trottina derrière elle. Lorsqu'elle arriva dans le pré, le loup était là, couché sous son arbre, et il ronflait telle-
75 ment que les feuilles et même les branches en tremblaient.

Otto Ubbelohde (1867-1922), illustration pour « Le Loup et les Sept Chevreaux » (1909

La vieille chèvre l'examina attentivement et de tous les côtés, remarquant alors que dans sa panse[6] rebondie quelque chose semblait bouger et s'agiter. « Mon Dieu ! pensa-t-elle, se pourrait-il que mes enfants, les pauvres petits qu'il a engloutis pour son souper, fussent encore en vie ? » Vite, le petit dernier dut courir à la maison pour chercher des ciseaux, une aiguille et du fil bien solide. Alors elle commença à tailler dans la panse du monstre, et au premier coup de ciseaux il y avait un chevreau, déjà, qui sortait sa petite tête ! Elle continua à tailler et tous les six, l'un après l'autre, bondirent dehors, car tous étaient bien vivants et sans une écorchure : le monstre, dans sa gloutonnerie, les avait avalés tout ronds, sans même un coup de dents. Quelle joie ce fut alors ! Ils n'arrêtaient plus de venir embrasser et cajoler leur mère, sautant et gambadant comme le tailleur à ses noces. Mais maman chèvre leur commanda : « Maintenant, allez vite chercher de gros cailloux, que nous en remplissions la panse de ce maudit fauve pendant qu'il dort encore. » Et les sept galopèrent de toute la vitesse de leurs petites pattes pour ramener tant bien que mal de gros cailloux, dont ils lui bourrèrent le ventre autant qu'il pouvait en tenir. Et la vieille mère chèvre s'empressa de recoudre la peau par-dessus, si vite et si légèrement que le dormeur ne sentit rien et n'eut même pas un sursaut dans son sommeil.

Lorsque finalement le loup eut dormi tout son soûl[7], il s'étira et se remit sur ses pattes, mais à cause de la soif que lui donnaient les cailloux qu'il avait dans le ventre, il voulut aller au bord de l'eau pour boire. Il se mit à marcher et aussitôt les cailloux bringuebalèrent de côté et d'autre dans sa panse, s'entrechoquant en toquant avec bruit. Alors il s'exclama :

---

6. Gros ventre. | 7. Autant qu'il voulait.

Qu'est-ce qui se poume et patapoume
Là-dedans, dans mon ventre ?
Six chevreaux, je croyais,
110   *Mais des cailloux, c'est ce que c'est !*

Et quand il arriva au bord de l'eau et se pencha pour boire, le poids des cailloux l'entraîna et le fit tomber dedans, le tirant tout au fond, où il se noya lamentablement. Les sept chevreaux, qui avaient assisté à la scène de loin, arrivèrent alors en gamba-
115 dant joyeusement et firent la ronde autour du puits, avec leur mère, en chantant avec allégresse : « Le loup est mort ! Le loup est mort ! »

C'est ainsi que finit l'histoire.

Arthur Rackham
(1867-1939), illustration
pour « Le Loup et les Sept
Chevreaux » (1909).

Repérer et analyser

Le narrateur

1 Identifiez le statut du narrateur.

2 a. Relevez, dans la ligne 37 et dans les lignes 59 à 71, les commentaires du narrateur. Sur quels personnages ces commentaires portent-ils ?

b. Qui le pronom « vous » (l. 70) désigne-t-il ?

La structure du conte

La situation initiale et l'élément modificateur

3 Relisez le premier paragraphe.

a. Dans quel cadre spatial cette histoire se déroule-t-elle ? Appuyez-vous sur les indications de lieu.

b. Peut-on savoir quand elle se déroule ?

4 Délimitez les lignes qui constituent la situation initiale. Quelle indication temporelle introduit l'élément modificateur ?

5 Qu'est-ce que la mère chèvre interdit de faire à ses petits ?

L'enchaînement des actions

6 a. Quelles sont les caractéristiques physiques du loup qui peuvent permettre aux petits chevreaux de le reconnaître ?

b. À quels moyens le loup a-t-il recours pour tromper les petits chevreaux ?

7 a. « [...] elle pleura ses malheureux enfants » (l. 70-71) : le conte pourrait-il se terminer là ? Justifiez votre réponse.

b. Quel événement relance l'action ?

8 a. Quelle est la solution trouvée par la chèvre pour délivrer ses petits ?

b. Quelle ruse imagine-t-elle pour se débarrasser du loup ?

Le dénouement et la situation finale

9 Quel est le dernier événement qui permet à l'action de se dénouer ?

10 Quelle est la situation finale ? Est-elle clairement exprimée ?

Les personnages

Les animaux dans les contes

Les contes mettent souvent en scène des animaux semblables à des êtres humains, qui appartiennent à un univers merveilleux : ils parlent et pensent, ils habitent des maisons, ils ont des sentiments et se comportent comme des êtres humains, ils côtoient parfois les hommes. Mais ils conservent la plupart du temps des caractéristiques animales, qui produisent souvent dans le conte des effets comiques : cri, instinct, nourriture…

11 a. Les personnages de ce conte portent-ils des noms ?
b. Relevez dans l'ensemble du conte les mots et expressions qui désignent la chèvre et le loup.
c. Dites pour chacun des personnages sur quels éléments de leur caractère et de leur personnalité ces désignations mettent l'accent.
12 Lequel des sept chevreaux se distingue des autres ? Pour quelle raison ?
13 Quels sont les personnages humains qui interviennent dans ce conte ? Quels rapports le loup entretient-il avec eux ? Justifiez.

La comptine

14 a. Qui parle dans les lignes 107 à 110 ? Appuyez-vous sur le verbe qui introduit les paroles et sur son sujet.
b. Par quels procédés ces paroles sont-elles mises en valeur (disposition dans la page, typographie…) ?
c. Les verbes « poume » et « patapoume » existent-ils ? Que signifient-ils selon vous ? Quel est le niveau de langage employé par le loup ?
d. Qu'est-ce qu'une comptine ? En quoi ce passage ressemble-t-il à une comptine ?

Le merveilleux

15 a. Relevez des mots ou expressions qui soulignent l'animalité des personnages principaux de ce conte (la chèvre et ses petits, le loup).
b. En quoi sont-ils également proches des hommes ? Justifiez.
c. Délimitez le passage dans lequel on trouve une description de l'habitation des chevreaux et de leur mère. Cet habitat est-il destiné aux hommes ou aux animaux ?
16 Quels événements vous paraissent surnaturels, lignes 72 à 99 ?

La visée

17 « Eh ! oui, les gens sont comme cela » (l. 37) : quel comportement le narrateur condamne-t-il ?

18 Quel personnage est puni dans ce conte ? Pour quelle raison ? Qu'en déduisez-vous sur la visée du conte ?

19 Que signifie l'expression « montrer patte blanche » ? En quoi ce conte permet-il d'en comprendre le sens ?

Étudier une image

20 Observez les illustrations des pages 82 et 84.

a. De quand datent-elles ? Sont-elles du même auteur ?

b. Quel moment précis du conte illustrent-elles ? Citez les lignes.

c. Quelle illustration insiste sur le côté humain des personnages ?

d. Le loup de la page 82 paraît-il particulièrement féroce ?

e. Où le loup se trouve-t-il page 84 ? En quoi la place des personnages traduit-elle le triomphe final de la chèvre et des chevreaux ? Par quels moyens l'illustrateur suggère-t-il l'alégresse de cette scène ?

f. Laquelle des deux illustrations préférez-vous ? Pourquoi ?

Comparer

« Le Loup, la Chèvre et le Chevreau », Jean de La Fontaine

21 Trouvez puis lisez la fable de La Fontaine, « Le Loup, la Chèvre et le Chevreau ».

a. Quels éléments vous permettent d'affirmer que le texte de La Fontaine est une fable ?

b. Comparez le titre du conte de Grimm et celui de la fable de La Fontaine. Quelles différences constatez-vous ?

c. En quoi les deux histoires racontées sont-elles semblables ? En quoi diffèrent-elles ?

d. Relisez la morale de la fable. Quelle est sa visée ?

Contes des frères Grimm
Les Musiciens de la fanfare de Brême

Un homme avait un âne qui avait déjà depuis si longtemps porté docilement les sacs au moulin, que ses forces s'y étaient épuisées et maintenant lui manquaient ; il devenait de plus en plus incapable de travailler. Le maître alors songea à se faire
5 l'économie du fourrage[1], mais l'âne, sentant que le vent avait mal tourné, se sauva et partit sur la route de Brême[2]. « Là-bas, se disait-il, je pourrai au moins trouver une place de musicien dans la fanfare de la ville. »

Il n'avait guère marché qu'un petit bout de temps, quand il
10 trouva, couché sur la route, un chien de chasse qui aboyait péniblement, comme une bête épuisée par une course extrême.

« Qu'as-tu à japper de la sorte, gros chien ? questionna l'âne.

– Hélas ! dit le chien, parce que je suis vieux et chaque jour un peu plus faible, incapable d'aller à la chasse maintenant,
15 mon maître a voulu me tuer, ce qui fait que j'ai pris la fuite ; mais à présent que vais-je faire pour avoir à manger ?

– Sais-tu quoi ? dit l'âne, moi je vais de ce pas à Brême pour faire partie de la fanfare ; viens avec moi et deviens musicien aussi. Je jouerai de la lyre[3] et tu frapperas les cymbales. »

20 Le chien en fut ravi et ils continuèrent leur route. Peu après ils trouvèrent, assis sur la route, un chat qui faisait triste mine et longue figure, aussi longue et triste que trois jours de pluie.

« Eh bien, qu'est-ce qui va de travers pour toi, vieux Raminagrobis[4] ? demanda l'âne.

---

1. Plantes servant à la nourriture du bétail.
2. Ville d'Allemagne.

3. Instrument de musique à cordes.
4. Nom employé traditionnellement pour désigner un chat.

5 – On n'a guère envie de rire quand on craint pour sa peau,
répondit le matou. Parce que je prends de l'âge et que mes dents
sont usées, que j'aime mieux ronronner derrière le poêle que
chasser les souris, ma maîtresse a voulu me noyer. C'est vrai que
j'ai réussi à filer, mais à quoi bon ? et que vais-je devenir à présent ?

– Viens donc avec nous jusqu'à Brême : tu t'y connais en
musique nocturne, tu pourras donc entrer dans la fanfare
comme nous autres. »

Le chat trouva le conseil excellent et partit avec eux ; et nos
trois exilés volontaires ne tardèrent pas à arriver devant une
cour, sur le portail de laquelle se tenait un coq haut perché,
qui chantait à gorge déployée.

« Tu cries à percer le tympan des gens, dit l'âne. Qu'est-ce
qu'il y a donc ?

Albert Uriet, illustration
pour « Les Musiciens de la
fanfare de Brême » (1936).

– C'est le beau temps que j'annonce, dit le coq, parce que
40 c'est le jour de Notre-Dame, quand elle lave les couches de
l'Enfant Jésus et les met à sécher ; mais parce que c'est demain
dimanche et que notre maîtresse a des invités à la maison, elle
a commandé à la cuisinière, impitoyablement, de me servir au
souper, et l'on va me couper le cou ce soir. Je chante donc de
45 toutes mes forces, autant que je le peux et pendant que je le
puis encore.

– Tu ferais beaucoup mieux de venir avec nous, Crête Rouge !
Nous allons à Brême, et de toute façon, là ou ailleurs, ce sera
toujours mieux que la mort. Tu as une fameuse voix, et la
50 musique que nous saurons faire ensemble ne manquera pas
de charme, on peut le dire ! »

Le coq accepta la proposition et les voilà partis tous les
quatre ensemble. Ils ne pouvaient naturellement pas arriver
à Brême le jour même, et le soir, donc, ils s'arrêtèrent dans une
55 forêt pour y passer la nuit. L'âne et le chien se couchèrent sous
un gros arbre, le chat et le coq s'accommodèrent[5] des branches,
mais le coq s'envola jusqu'à l'extrême pointe de l'arbre pour
s'y percher, parce que là, c'était le plus sûr pour lui. Avant de
s'endormir, il jeta un dernier coup d'œil sur les environs, et,
60 croyant apercevoir une petite lumière qui brillait au loin, il
appela ses compagnons pour leur dire qu'il devait y avoir une
maison là-bas, où il voyait briller une lumière.

« Dans ce cas, dit l'âne, nous ferions mieux de nous lever et
d'y aller, parce qu'ici, l'auberge est plutôt inconfortable ! »
65 Le chien, pour sa part, se dit qu'un os ou deux, avec un peu
de viande, ce ne serait pas si mal. Sur quoi ils se remirent tous
en route vers la petite lumière qui brillait tout là-bas, et qu'ils
virent grandir à mesure qu'ils en approchaient. C'était bien
une maison, en effet, devant laquelle ils arrivèrent : une maison

| **5.** Se contentèrent.

70 de brigands tout illuminée. L'âne, parce qu'il était le plus grand, s'approcha de la fenêtre pour regarder à l'intérieur.

« Que vois-tu, vieux grison[6] ? demanda le coq.

– Ce que je vois ? dit l'âne, une table bien servie avec tout ce qu'il faut, de bons plats et de quoi boire, et les brigands qui
75 s'y sont mis ne se font pas prier !

– Cela nous irait aussi, je pense ! dit le coq.

– Ah ! dit l'âne, si seulement on pouvait s'y mettre ! »

Les animaux tinrent conseil, cherchant comment ils pourraient bien s'y prendre pour chasser de là les brigands, et finalement ils trouvèrent un moyen. L'âne devait se dresser sur les pattes de derrière et poser celles de devant sur le rebord de la fenêtre, le chien monter sur le dos de l'âne, le chat sur celui du chien et le coq, d'un coup d'aile, venir se percher sur la tête du chat. La pyramide ainsi dressée, ils se mirent tous ensemble, comme à un signal, à faire leur musique : l'âne se mit à braire à pleins poumons, le chien à aboyer, le chat à miauler et le coq chanta par-dessus ; puis ils se ruèrent tous dans la pièce à travers la fenêtre en faisant voler les vitres en éclats cliquetants. Les brigands sursautèrent d'épouvante à cet effroyable tintamarre, s'imaginant que c'était un fantôme qui entrait ; ils s'enfuirent et coururent se réfugier, tout tremblants, dans la forêt. Alors les quatre compères se mirent à table, s'accommodant gaillardement[7] de ce qui restait, et mangèrent comme s'ils se préparaient à jeûner pendant quatre semaines.

Lorsque nos quatre joueurs de musique eurent terminé, ils éteignirent la lumière et se cherchèrent chacun son coin pour dormir selon son goût et sa nature. L'âne se coucha sur le fumier, le chien derrière la porte, le chat dans l'âtre à côté des cendres chaudes, et le coq sur le perchoir qui lui offrait la charpente. Fatigués du long chemin qu'ils avaient fait, ils s'endormirent aussitôt. Minuit

---

6. Âne. | **7.** Avec vigueur et entrain.

était passé, et les brigands dans la forêt virent qu'il n'y avait plus de lumière dans la maison ; comme tout paraissait calme, le chef leur dit : « Quand même, nous n'aurions pas dû nous laisser épouvanter comme cela et quitter la place aussi vite ! » Il
105 commanda à l'un de ses hommes d'aller voir un peu ce qui se passait dans la maison. Voyant que tout était calme, celui qui avait été envoyé en inspection entra dans la cuisine pour allumer une chandelle ; s'avançant vers l'âtre, il prit les yeux étincelants du chat pour des braises et voulut en approcher une allumette.
110 Le chat, qui ne trouvait pas la plaisanterie de son goût, lui sauta au visage toutes griffes dehors et crachant de fureur. Sursautant et effrayé, l'homme se retourna et voulut bondir vers la porte pour fuir, mais le chien, couché là, bondit aussi et lui mordit la jambe ; quand le bandit fut dehors et voulut traverser la cour, il
115 passa près du fumier et reçut une bonne ruade de l'âne, cependant que le coq, réveillé par le vacarme, lançait du haut de son perchoir un retentissant cocorico.

De toute la vitesse qu'il pouvait demander à ses jambes, le bandit courut vers le chef de la bande et lui dit : « Il y a dans
120 la maison une terrible sorcière qui m'a soufflé dessus en me déchirant la figure avec ses doigts crochus ; devant la porte se tient un homme armé d'un couteau, qui m'a frappé à la jambe ; au-dehors, dans la cour, il y a un monstre noir qui m'a asséné un coup de massue ; et tout en haut, sur le toit, siège le
125 juge, qui a crié : "Amenez-moi le malandrin[8]." Il a fallu que je détale pour leur échapper. »

Depuis ce moment-là, les bandits ne se risquèrent plus à venir dans la maison, où les quatre musiciens de la fanfare de Brême se trouvèrent si bien qu'ils y restèrent et n'allèrent
130 pas plus loin. Voilà l'histoire, et le dernier qui l'a racontée en a encore la bouche toute chaude.

| **8.** Voleur, brigand.

Repérer et analyser

Le narrateur

1 Identifiez le statut du narrateur.

2 **a.** Relevez, dans les lignes 33 à 36 et les lignes 95 à 97, les deux expressions par lesquelles le narrateur désigne les personnages. Quel est l'effet produit par l'emploi du possessif « nos » ?

b. Relisez la dernière phrase du conte. Qui l'expression « le dernier qui l'a racontée » désigne-t-elle ?

La structure du conte

La situation initiale et l'élément modificateur

3 Relisez le premier paragraphe. Dans quel pays cette histoire se déroule-t-elle ? Pouvez-vous la dater ?

4 Quelle est la situation de l'âne au début du conte ?

5 Pour quelle raison l'âne décide-t-il de se sauver ? Comment compte-t-il gagner sa vie désormais ?

L'enchaînement des actions

6 **a.** Dites quels sont les deux premiers animaux que l'âne rencontre successivement en chemin.

b. En quoi la situation de chacun d'eux est-elle semblable à celle de l'âne au début du récit ? Pourquoi décident-ils de suivre l'âne ?

7 Quel est le troisième animal que l'âne rencontre sur sa route ? En quoi sa situation se rapproche-t-elle de celle des trois autres animaux ? En quoi est-elle un peu différente ?

8 Pour quelle raison les quatre amis décident-ils de se rendre dans la maison isolée au fond du bois ?

9 **a.** De quelle façon les quatre compères réussissent-ils à faire fuir les brigands ?

b. Pour quelle raison les brigands ont-ils si peur ? En quoi les brigands sont-ils ridicules ?

10 « Et mangèrent comme s'ils se préparaient à jeûner pendant quatre semaines » (l. 93-94) : le conte pourrait-il se terminer là ? Justifiez votre réponse. Qu'est-ce qui relance l'action ?

Le dénouement et la situation finale

11 Quel est le dénouement du conte ? En quoi est-il amusant ?

12 Relisez les paroles du brigand (l. 119 à 126) : qui les expressions « une terrible sorcière », « un homme armé d'un couteau », « un monstre noir » et « le juge » désignent-elles respectivement ? Justifiez vos réponses en vous appuyant sur ce qui vient de se passer.

13 Quelle est la situation finale ? Les quatre amis sont-ils devenus musiciens ? Qu'est-ce qui a changé pour chaque animal à la fin du conte ?

Les personnages

14 Relevez dans l'ensemble du conte les mots ou expressions qui désignent chacun des quatre personnages principaux. Quelles sont les désignations qui vous paraissent amusantes ?

15 a. Relevez pour chacun des quatre personnages principaux des comportements qui soulignent son animalité (cri, façon de dormir, nourriture, façon de se battre…).

b. En quoi ces animaux se rapprochent-ils néanmoins des humains ?

16 a. Relisez le dialogue (l. 37 à 51) : qui sont les deux interlocuteurs ?

b. Lequel des deux essaie de convaincre l'autre ? De quoi veut-il le convaincre ? Quels différents arguments emploie-t-il ?

La visée

17 Selon vous, en quoi ce conte pourrait-il illustrer le dicton populaire : « L'union fait la force » ?

Lire

18 Lisez à plusieurs et à haute voix « Les Musiciens de la fanfare de Brême », devant toute la classe. L'un de vous lira les passages du narrateur, les autres liront chacun les paroles d'un personnage (l'un fera l'âne, un autre le chat…). Vous vous efforcerez de mettre le ton et de rendre votre lecture la plus vivante possible, en rendant compte de la gaieté du conte des frères Grimm.

Troisième partie

Contes d'Andersen

Découpage d'Andersen reprenant
nombre de ses thèmes préférés.

Introduction

Les contes de Hans Christian Andersen (1805-1875)

Une enfance difficile

Comme le personnage de son célèbre conte « Le Vilain Petit Canard », Hans Christian Andersen connut une enfance bien malheureuse. Il naquit à Odense, au Danemark, le 2 avril 1805, dans une famille ouvrière, d'un père cordonnier qui ne s'intéressait guère à son fils et d'une mère lavandière au caractère brutal. La pauvreté extrême de la famille s'accrut encore au décès du père de Hans, en 1816. Tout jeune enfant encore, Andersen dut quitter les bancs de l'école et se faire ouvrier ici ou là pour gagner un peu d'argent. Sa mère se remaria avec un cordonnier, mais celui-ci n'eut pas plus d'affection pour Hans que son père n'en avait eu. Hans souffrit beaucoup de ce manque d'amour familial ; ce mal-aimé fut en quête d'amour durant toute sa vie. À peine âgé de treize ans, il décida de s'exiler pour mener une nouvelle vie, plus conforme à ses rêves : il quitta Odense et gagna la capitale du Danemark, Copenhague.

Les années de formation

Installé dans un quartier pauvre et mal famé de Copenhague, Andersen n'était pas au bout de ses peines. Il chercha sa voie, voulut tour à tour être chanteur, danseur, comédien, dramaturge. Mais en tout il était desservi par son peu de culture et par son physique si étrange, qui en faisait un être à part : une silhouette filiforme, des jambes interminables, un nez immense, des gestes maladroits et des réactions souvent imprévisibles. De riches protecteurs cultivés s'intéressèrent à lui et voulurent lui donner une éducation solide. En quelques années, Hans combla ses lacunes, mais au prix des moqueries de ses camarades de classe, qui se jouaient de ce grand élève maladroit et plus âgé qu'eux. Enfin, ses études achevées, Andersen put mener la vie dont il rêvait et transformer son existence malheureuse. Il se mit à écrire tout en parcourant l'Europe entière, fait exceptionnel à une époque où les voyages étaient rares.

La métamorphose

À partir de 1835, grâce à ses romans, à ses pièces de théâtre, à ses poésies et à ses récits de voyage, Andersen rencontra auprès du public un succès éclatant et durable. C'est en cette même année 1835 qu'il publia ses premiers contes, sous le titre *Contes racontés aux enfants*. Hans ne leur accordait guère d'importance et tout comme les frères Grimm, il fut surpris de leur immense succès auprès des lecteurs. Le pauvre petit ouvrier délaissé devint tout à coup un auteur célèbre et renommé. Il mena dès lors, et jusqu'à sa mort en 1875, une vie brillante, faite de voyages multiples et de nombreuses publications. Andersen côtoya les plus grands écrivains du XIXe siècle et fut reçu et fêté dans les cours de toute l'Europe.

Dans ses contes (plus de cent cinquante), Andersen reste fidèle aux traditions scandinaves, accordant une large place à l'évocation de la nature, reprenant des personnages des légendes nordiques. Néanmoins ses contes n'appartiennent pas à la littérature populaire, contrairement à ceux des frères Grimm, car Andersen a su leur donner un style très personnel et original. Bien souvent il s'est inspiré de sa propre vie : ses malheurs, son manque d'amour (« La Petite Sirène »), son désir d'évasion (« La Petite Fille aux allumettes ») et son exil (« Le Vilain Petit Canard »). Son écriture rapide et vive, pleine d'humour et d'entrain, donne vie à ses personnages et à leurs mésaventures. Conteur par nature, Andersen aimait lui-même lire à voix haute ses œuvres devant ses amis et ses hôtes, et charmer ainsi un public captivé, passionné par l'amour de la petite sirène ou par la détresse de la petite fille aux allumettes.

Contes d'Andersen
La Princesse au petit pois

IL Y AVAIT UNE FOIS un prince. Il voulait épouser une princesse, mais ce devait être une *vraie* princesse. Alors, il voyagea
par le monde entier pour en trouver une de ce genre, mais,
partout, il y avait quelque chose à redire. Des princesses, il n'en
5 manquait pas, mais que ce soient de *vraies* princesses, il ne
pouvait en être tout à fait sûr, toujours, il y avait quelque chose
qui n'allait pas vraiment. Alors, il revint chez lui et il était bien
affligé[1], car il aurait tellement voulu une véritable princesse.

Un soir, il fit un temps épouvantable, éclairs et tonnerre,
10 pluie à verse, c'était tout à fait effrayant ! Alors, on frappa aux
portes de la ville, et le vieux roi alla ouvrir.

C'était une princesse qui se trouvait dehors. Mais, Dieu, l'air
qu'elle avait, avec cette pluie et ce mauvais temps ! L'eau ruis-
selait de ses cheveux et de ses habits, elle lui coulait du nez
15 dans les chaussures et ressortait par les talons, et voilà qu'elle
dit être une véritable princesse.

« Ouais ! c'est ce que nous allons voir ! » pensa la vieille reine,
mais elle ne dit rien, elle entra dans la chambre à coucher,
enleva toute la literie[2], et posa un petit pois sur le fond du lit,
20 sur quoi elle prit vingt matelas, les posa au-dessus du petit
pois, et ajouta encore vingt édredons par-dessus les matelas.

C'est là que la princesse passerait la nuit.

Le lendemain matin, ils lui demandèrent comment elle avait
dormi.

25 « Oh ! affreusement mal ! dit la princesse. Je n'ai presque pas
fermé l'œil de toute la nuit ! Dieu sait ce qu'il y avait dans ce lit

1. Triste, peiné.
2. Ensemble des objets qui recouvrent le sommier du lit (matelas, oreiller, couvertures…

Arthur Rackham (1867-1939), « La Princesse au petit pois » (1933).

J'ai couché sur quelque chose de dur, j'en ai le corps tout couvert
de bleus ! C'est absolument affreux ! »

Alors, ils purent voir que c'était une vraie princesse, puisque,
à vingt matelas et vingt édredons, elle avait senti le petit pois.
Personne nc pouvait avoir l'épiderme[3] aussi délicat, sinon une
véritable princesse.

Alors, le prince la prit pour femme, car, maintenant, il savait
qu'il avait une vraie princesse, et le petit pois fut placé au
cabinet des Curiosités où il est encore visible si personne ne
l'a pris.

Voilà, c'était une vraie histoire !

Edmond Dulac
(né en 1882),
illustration pour
« La Princesse
au petit pois ».

| **3.** La peau.

Repérer et analyser

La structure du conte

La situation initiale et l'élément modificateur

1 Délimitez la situation initiale et résumez-la en une courte phrase.

2 Relevez dans la situation initiale les indications de lieu et de temps. Sait-on exactement où et quand cette histoire se déroule ?

3 Quel est le mot mis en italique à deux reprises dans le premier paragraphe ? Pour quelle raison ce mot est-il mis en italique ?

4 Quel est l'élément modificateur ? Relevez l'expression l'introduisant.

L'enchaînement des actions

5 Relisez les lignes 12 à 16 : en quoi l'aspect de la princesse peut-il faire douter qu'elle soit une vraie princesse ?

6 **a.** En quoi consiste l'épreuve imposée par la reine à la princesse ?
b. La princesse sait-elle qu'elle passe une épreuve ?
c. Quelle caractéristique physique doit permettre d'identifier à coup sûr une vraie princesse ?

7 Dans l'ensemble du conte, quel est l'adverbe plusieurs fois répété en début de phrase qui permet de marquer la succession des actions ?

Le dénouement et la situation finale

8 Quel est le dénouement du conte ?

9 Délimitez la situation finale, puis comparez-la avec la situation initiale. Qu'est-ce qui a changé pour le prince ?

Le schéma actantiel

10 **a.** Quel personnage est en quête de quelque chose dans ce conte ? Quel est l'objet de cette quête ?
b. Ce personnage agit-il pour lui-même ou pour quelqu'un d'autre ?
c. Qui l'aide dans sa quête ? De quelle façon ?
d. La quête de ce personnage aboutit-elle à la fin du conte ?

La visée

11 Relisez la ligne 17. Quel est le niveau de langage employé ? En quoi ce niveau de langage est-il surprenant ? Quel est l'effet produit ?

12 Relisez les lignes 32 à 39.

a. Relevez deux expressions dans lesquelles le narrateur semble affirmer que cette histoire n'est pas imaginaire.

b. Cette affirmation vous semble-t-elle vraie ? Quel est l'effet produit ?

13 Quelle est la visée de ce conte ? Pour répondre, appuyez-vous notamment sur vos réponses aux deux questions précédentes.

Écrire

Changer les héros du conte

14 À l'inverse de ce qui se passe dans « La Princesse au petit pois », imaginez qu'une princesse recherche désespérément un *vrai* prince. Vous devez trouver une épreuve qui permettra à la princesse d'être sûre qu'elle a trouvé un *vrai* prince.

a. Commencez votre conte par : « Il y avait une fois une princesse. Elle voulait épouser un prince, mais ce devait être un *vrai* prince. »

b. Respectez le schéma narratif : situation initiale et élément modificateur (un prince arrive par une nuit d'orage), enchaînement des actions (le prince subit une épreuve), dénouement, situation finale.

c. Respectez le schéma actantiel : le sujet (la princesse), le bénéficiaire (la princesse elle-même), l'objet de la quête (un vrai prince), les adjuvants (roi, reine…)…

d. Trouvez un titre approprié à votre conte : « Le Prince à/au… »

Étudier une image

15 Observez les illustrations des pages 99 et 100.

a. De quand datent-elles ? Qui en est l'auteur ?

b. Dites pour chacune quel moment précis du conte est représenté

c. Quels sont les éléments humoristiques représentés à la page 99 ?

d. D'où la scène de la page 100 est-elle vue ? Quel est l'effet produit ?

e. Laquelle des deux illustrations vous paraît-elle la plus fidèle à la visée du conte (voir les questions 11 à 13) ?

Contes d'Andersen

La Petite Fille aux allumettes

Il faisait atrocement froid. Il neigeait, l'obscurité du soir venait. Il faut dire que c'était le dernier soir de l'année, la veille du Jour de l'An. Par ce froid, dans cette obscurité, une pauvre petite fille marchait dans la rue, tête nue, pieds nus. C'est-à-
5 dire : elle avait bien mis des pantoufles en partant de chez elle, mais à quoi bon ! C'étaient des pantoufles très grandes, sa mère les portait dernièrement, tellement elles étaient grandes, et la petite les perdit quand elle se dépêcha de traverser la rue au moment où deux voitures[1] passaient affreusement vite. Il n'y eut pas moyen de retrouver l'une des pantoufles, et l'autre, un gamin l'emporta : il disait qu'il pourrait en faire un berceau quand il aurait des enfants.

Et donc, la petite fille marchait, ses petits pieds nus tout rouges et bleus de froid. Dans un vieux tablier, elle tenait une quantité d'allumettes et elle en avait un paquet à la main. Personne, de toute la journée, ne lui en avait acheté. Personne ne lui avait donné le moindre skilling[2]. Affamée, gelée, l'air lamentable, elle marchait, la pauvre petite ! Les flocons de neige tombaient sur ses longs cheveux blonds si joliment bouclés sur la nuque, mais assurément, elle ne pensait pas à cette parure. À toutes les fenêtres brillaient les lumières et cela sentait si bon l'oie rôtie dans la rue. C'était la veille du Jour de l'An, n'est-ce pas, et elle y pensait, oh oui !

Dans un coin, entre deux maisons dont l'une faisait un peu saillie[3], elle s'assit et se recroquevilla. Elle avait replié ses petites jambes sous elle, mais elle avait encore plus froid, et chez elle,

---

1. Il s'agit de fiacres, véhicules tirés par des chevaux (au milieu du XIXᵉ siècle, l'automobile n'existe pas encore).

2. Monnaie du Danemark. La petite fille vend des allumettes et mendie.

3. Dont l'une avançait, n'était pas alignée.

elle n'osait pas aller, car elle n'avait pas vendu d'allumettes, pas reçu un seul skilling, son père la battrait et il faisait froid à la maison aussi, ils n'avaient que le toit au-dessus d'eux, le
30 vent pénétrait en sifflant, bien qu'on eût bouché les plus grandes crevasses avec de la paille et des chiffons. Ses petites mains étaient presque mortes de froid. Oh! qu'une petite allumette pourrait faire du bien! Si seulement elle osait en tirer une du paquet, la frotter contre le mur, se réchauffer les doigts!
35 Elle en tira une: ritsch! comme le feu jaillit, comme elle brûla! Ce fut une flamme chaude et claire, comme une petite chandelle qu'elle entoura de sa main. C'était une étrange lumière! La petite fille eut l'impression d'être assise devant un grand poêle de fer aux boules et au tuyau de laiton[4] étincelants. Le
40 feu brûlait délicieusement, chauffait si bien! Mais qu'est-ce qui se passe…! la petite étendait déjà les pieds pour les réchauffer aussi… la flamme s'éteignit, le poêle disparut… elle restait, tenant à la main un petit bout de l'allumette brûlée.

Elle en frotta une autre, qui brûla, qui éclaira, et là où la lueur
45 tomba sur le mur, celui-ci devint transparent comme un voile. Elle voyait à l'intérieur d'une salle où la table était mise, couverte d'une nappe d'un blanc éclatant, de fine porcelaine, et l'oie rôtie, farcie de pruneaux et de pommes, exhalait un fumet[5] délicieux! Et, chose plus magnifique encore, l'oie sauta
50 du plat, s'en vint, se dandinant, sur le plancher, une fourchette et un couteau dans le dos: elle alla jusqu'à la pauvre fille. Alors, l'allumette s'éteignit et il n'y eut plus que le gros mur glacé.

Elle en alluma encore une. Alors, elle se trouva sous le plus splendide arbre de Noël: il était encore plus grand et plus
55 décoré que celui qu'elle avait vu, par la porte vitrée, ce Noël là, chez le riche marchand. Mille bougies brûlaient sur le

---

4. Métal jaune et brillant, alliage de cuivre et de zinc.

5. Une odeur agréable que dégage une viande pendant ou après sa cuisson.

branches vertes et des images bariolées[6] comme celles qui décorent les devantures des boutiques baissaient le regard sur elle. La petite tendit les deux mains… et l'allumette s'éteignit. Les nombreuses bougies de Noël montaient de plus en plus haut, elle vit que c'étaient maintenant les claires étoiles, l'une d'elles tomba en traçant une longue raie de feu dans le ciel.

« Voilà quelqu'un qui meurt ! » dit la petite, car sa vieille grand-mère, la seule personne qui eût été bonne pour elle mais qui était morte maintenant, avait dit : « Quand une étoile tombe, c'est qu'une âme monte vers Dieu. »

De nouveau, elle frotta une allumette contre le mur : elle éclaira à la ronde et dans cette lueur, il y avait la vieille grand-mère, bien claire, toute brillante, douce et bénie.

« Grand-mère, cria la petite, oh ! emmène-moi ! je sais que tu disparaîtras quand l'allumette s'éteindra. Disparaîtras, comme le poêle bien chaud, la délicieuse oie rôtie et le grand arbre de Noël béni… ! » et elle frotta très vite tout le reste des allumettes du paquet, elle tenait à garder sa grand-mère. Et les allumettes brillèrent d'un tel éclat qu'il faisait plus clair qu'en plein jour. Jamais la grand-mère n'avait été si belle, si grande. Elle prit la petite fille sur son bras et elles s'envolèrent dans cette splendeur et cette joie, bien haut, bien haut, là où il n'y avait pas de froid, pas de faim, pas d'angoisse… elles étaient auprès de Dieu.

Et dans le recoin de la maison, à l'heure du matin glacé, la petite fille était assise, les joues rouges, un sourire à la bouche…, morte, morte de froid le dernier soir de l'année. Le matin du Nouvel An se leva sur le petit cadavre, assis avec ses allumettes dont un paquet était presque entièrement brûlé. « Elle a voulu se réchauffer ! » dit quelqu'un. Personne ne sut les belles choses qu'elle avait vues, dans quelle splendeur elle et sa grand-mère étaient entrées dans la joie de la Nouvelle Année !

---

6. Colorées de tons vifs et variés.

Questions

Repérer et analyser

Le début du conte

La première phrase

1 Relisez la première phrase de ce conte. Est-elle caractéristique du genre du conte ? Sur quel élément insiste-t-elle ?

Le lieu et le temps

2 **a.** Quel jour cette histoire se déroule-t-elle ? À quel moment de la journée ? Justifiez vos réponses.
b. Quelles sont les conditions climatiques ? Citez le texte.
3 **a.** Dans quel pays cette histoire se déroule-t-elle ? Aidez-vous des notes pour répondre.
b. L'histoire a-t-elle pour cadre la ville ou la campagne ? Justifiez votre réponse. La localité exacte est-elle précisée ?

La situation de la petite fille

4 **a.** Relisez les deux premiers paragraphes. Dans quelle situation la petite fille se trouve-t-elle au début du conte ? Pourquoi est-elle dans la rue ?
b. Quel événement aggrave la situation de la petite fille ?
5 Pour quelles raisons la petite fille ne rentre-t-elle pas chez elle ?

Le merveilleux

6 Relisez les lignes 36 à 43 : relevez les expressions qui soulignent que la petite fille commence à rêver. Quel rêve fait-elle ? Qu'est-ce qui a provoqué ce rêve ?
7 Relisez les lignes 44 à 52.
a. Relevez l'expression qui marque le passage à un second rêve.
b. Dans ce deuxième rêve, quels éléments paraissent réalistes ? Quel élément relève du merveilleux ? Citez le texte.
8 Délimitez le passage qui contient le troisième rêve que fait la petite fille : quel est ce rêve ? Quel rapport ce rêve et le précédent entretiennent-ils avec le jour précis où se déroule l'histoire ?

9 Quel nouveau personnage intervient dans le conte ? Ce personnage est-il vivant ? Justifiez votre réponse. Intervient-il dans la réalité ou dans le rêve ?

10 Relisez les lignes 76 à 79 : quel événement se produit à ce moment dans le rêve ? Quel événement se produit dans la réalité ? (Pour répondre, relisez le dernier paragraphe.)

11 Relevez dans l'ensemble du conte le champ lexical du froid et celui de la chaleur. Lequel appartient au rêve ? Lequel appartient à la réalité ?

Les personnages

La petite fille

12 Relisez le premier paragraphe.

a. Relevez l'expression par laquelle le narrateur désigne la première fois le personnage principal. Quel sentiment manifeste-t-il par cette désignation ?

b. Trouvez dans le deuxième paragraphe une désignation similaire. Par quel signe de ponctuation cette désignation est-elle mise en valeur ?

13 Dans l'ensemble du conte, relevez les mots et expressions qui caractérisent la petite fille (aspect physique, vêtements…). Sur quels éléments le narrateur met-il l'accent ?

La grand-mère

14 **a.** Relevez les mots et expressions qui caractérisent la grand-mère.

b. De quel personnage merveilleux caractéristique des contes peut-on la rapprocher ? Justifiez votre réponse.

La visée

15 Quelle impression le lecteur peut-il ressentir à la lecture de ce conte ? Quelle en est la visée ? Appuyez-vous sur l'ensemble de vos réponses.

Contes d'Andersen
Le Vilain Petit Canard

Il faisait si bon à la campagne. C'était l'été, les blés étaient jaunes, l'avoine, verte, on avait mis le foin en meules dans le pré, la cigogne y déambulait[1] sur ses longues pattes rouges en parlant égyptien car elle avait appris cette langue de sa
5 mère. Autour des champs et des prés, il y avait de grandes forêts et, au milieu de ces forêts, des lacs profonds. Oh oui ! il faisait vraiment bon à la campagne ! En plein soleil, s'étendait un vieux manoir[2] entouré de douves[3] profondes, de ses murailles[4] jusqu'à l'eau poussaient de grandes feuilles
10 d'oseilles, si hautes que les petits enfants pouvaient se tenir debout sous les plus grandes. Il y avait autant de fouillis là-dedans que dans la forêt la plus épaisse et, là, il y avait une cane dans son nid. Elle couvait ses canetons qui allaient éclore, elle commençait à en avoir assez parce que cela durait si long-
15 temps et qu'elle recevait rarement de la visite. Les autres canards aimaient mieux nager dans les douves que de monter courir s'asseoir sous une feuille d'oseille pour bavarder avec elle.

Enfin, les œufs s'ouvrirent l'un après l'autre, ils faisaient
20 « pip ! pip ! », tous les jaunes d'œufs étaient devenus vivants et sortaient la tête.

« Coin-coin ! » dit-elle, et ils cancanèrent[5] tous tant qu'ils purent, regardant de tous côtés sous les feuilles vertes, et leur mère les laissa regarder autant qu'ils voulaient car le vert est
25 bon pour les yeux.

1. Se promenait çà et là, flânait.
2. Petit château ancien, à la campagne.
3. Fossés remplis d'eau qui entourent le manoir.
4. Murs hauts et épais.
5. Firent « coin-coin » (cri du canard).

« Comme le monde est grand tout de même ! » dirent tous les petits. C'est qu'ils avaient vraiment bien plus de place que lorsqu'ils étaient dans l'œuf.

« Croyez-vous que ce soit là le monde entier, dit la mère : il s'étend bien loin de l'autre côté du jardin, jusqu'au champ du pasteur[6] ! Mais là, je n'y ai jamais été… ! Vous êtes bien tous là… ? » et elle se leva. « Non, je ne les ai pas tous ! le plus gros œuf est encore là. Combien de temps ça va durer ! Je commence à en avoir assez ! » et elle se recoucha.

« Alors, comment ça va ? dit une vieille cane qui venait en visite.

– Il y a un œuf qui dure tellement longtemps ! dit la cane. Pas moyen qu'il perce ! Mais regarde donc les autres ! Ce sont les plus charmants canetons que j'aie vus ! Ils ressemblent tous à leur père, ce répugnant personnage : il ne vient pas me voir !

– Fais-moi voir cet œuf qui ne veut pas s'ouvrir ! dit la vieille. C'est un œuf de dinde, figure-toi ! Moi aussi, on m'a trompée ainsi, une fois, et j'ai eu bien du mal avec les petits parce qu'ils ont peur de l'eau, je te dirai ! Je n'arrivais pas à les y mettre ! Je cancanais, je couicouinais, rien à faire… ! Fais-moi voir cet œuf ! Mais oui, c'est un œuf de dinde ! Laisse-le tranquille et apprends aux autres enfants à nager !

– Je vais quand même le couver encore un peu ! dit la cane. Il y a si longtemps que j'y suis, je peux bien continuer le temps qu'il faudra !

– Je t'en prie ! » dit la vieille cane, qui s'en alla.

Enfin, le gros œuf se fendit. « Pip ! pip ! » dit le petit en culbutant[7]. Il était grand et laid. La cane le regarda : « Voilà un caneton d'une taille épouvantable ! dit-elle. Aucun des autres n'a un pareil air ! Ce ne serait tout de même pas un dindonneau ! Bon, on verra ça bientôt ! On va le mettre à l'eau, quand e devrais l'y mettre à coups de patte ! »

6. Prêtre de la religion protestante. | **7.** En tombant à la renverse.

Le lendemain, il faisait un temps merveilleux. Le soleil brillait sur toutes les oseilles vertes. La mère cane descendit aux douves avec toute sa famille : plouf ! elle sauta dans l'eau. « Coin-
60   coin ! » dit-elle et les canetons se laissèrent tomber l'un après l'autre. Ils avaient de l'eau par-dessus la tête mais ils remon-tèrent bientôt et nagèrent joliment. Leurs pattes fonctionnaient d'elles-mêmes et ils étaient tous là, même le petit gris et laid nageait avec eux.

65   « Non, ce n'est pas un dindon ! dit-elle. Voyez comme il se sert bien de ses pattes, comme il se tient droit ! C'est un petit à moi ! Au fond, il est très beau tout de même, à bien le regarder ! Coin-coin !… Venez avec moi maintenant, je vais vous emmener dans le monde et vous présenter aux canards
70   de la basse-cour [8], mais restez toujours près de moi, que personne ne vous marche dessus, et prenez garde aux chats ! »

Et ils entrèrent dans la basse-cour. Il y avait un vacarme effroyable, deux familles se battaient pour une tête d'anguille[9], ce fut le chat qui la prit, toutefois.

75   « Voyez, voilà comment les choses se passent en ce monde ! » dit la mère cane en se léchant le bec car elle aussi voulait la tête d'anguille. « Servez-vous de vos pattes, dit-elle, tâchez de vous dépêcher et courbez le cou devant la vieille cane là-bas ! C'est la plus distinguée de tous ceux qui sont ici ! Elle est de sang
80   espagnol, c'est pour cela qu'elle est grosse et vous voyez qu'elle a un chiffon rouge à la patte ! C'est une chose extrêmement chic, c'est la plus grande distinction qu'une cane puisse obtenir, cela a tellement d'importance que l'on ne veut pas s'en débar-rasser, bêtes et hommes doivent la reconnaître… ! Dépêchez-
85   vous… ! Ne vous mettez pas dans mes pattes ! Un canard bien élevé écarte bien les pattes, comme son père et sa mère ! Voilà Bon, courbez le cou maintenant, et dites : "Coin-coin !" »

| **8.** Partie de la ferme où l'on élève la volaille. | **9.** Poisson à corps allongé.

C'est ce qu'ils firent. Mais les autres canards, alentour, les regardaient et dirent très haut : « Voyez donc ! Nous voilà avec cette bande en plus ! comme si nous n'étions pas assez déjà ! et pouah ! quel air il a, ce caneton ! Celui-là, nous n'en voulons pas…! » et aussitôt, une cane de voler et de lui pincer le cou.

« Laissez-le tranquille, dit la mère, il ne fait rien à personne !

– Oui, mais il est trop grand et trop cocasse[10], dit la cane qui l'avait pincé, on va le corriger !

– Ce sont de beaux enfants que vous avez là, la mère, dit la vieille cane au chiffon autour de la patte, tous beaux, à une exception près, celui-là n'est pas réussi ! Je souhaiterais volontiers que vous puissiez le refaire !

– Ce n'est pas possible, Votre Grâce[11], dit la mère cane, il n'est pas beau, mais c'est une bonne nature et il nage aussi bien que certains des autres, j'ose même dire un peu mieux ! Je pense qu'il deviendra beau en grandissant ou qu'il sera un petit peu plus petit avec le temps ! Il est resté trop longtemps dans son œuf, c'est pour ça qu'il n'a pas la taille voulue ! »

Puis elle lui nettoya la nuque [12] et lui lissa le plumage.

« De plus, c'est un mâle, dit-elle, et donc, ça n'a pas tellement d'importance ! Je crois qu'il forcira[13] bien et qu'il fera son chemin !

– Les autres canetons sont mignons, dit la vieille, faites comme chez vous, si vous trouvez une tête d'anguille, vous pouvez me l'apporter ! »

Et ils furent comme chez eux.

Mais le pauvre caneton qui était sorti le dernier de son œuf et qui avait l'air affreux, on le pinça, on le bouscula, on se moqua de lui et ce, aussi bien les canards que les poules. « Il est trop grand ! » disaient-ils tous et le dindon qui était né avec

10. Bizarre et ridicule.
11. Marque de respect employée pour s'adresser à un personnage important.
12. Partie arrière du cou.
13. Deviendra plus fort.

des éperons[14], et croyait en conséquence être un empereur, se gonfla comme un navire toutes voiles dehors, se précipita sur lui, glouglouta[15] et sa tête devint toute rouge. Le pauvre
120 petit canard ne savait s'il devait rester ou s'en aller, il s'affligeait[16] tellement d'avoir l'air si laid et d'être la risée de tous les canards de la basse-cour !

Ainsi passa la première journée, puis ce fut de pire en pire. Tout le monde chassait le pauvre petit canard, même ses frères
125 et sœurs étaient méchants pour lui, ils disaient tout le temps : « Si seulement le chat te prenait, espèce d'affreux ! » et sa mère disait : « Ah ! si tu pouvais être loin d'ici ! » Et les canards le pinçaient et les poules lui donnaient des coups de bec et la fille qui donnait à manger aux bêtes le renvoyait du pied.

130 Alors, il s'envola vite par-dessus la haie. Les petits oiseaux, dans les buissons, s'envolèrent, effrayés. « C'est parce que je suis tellement laid ! » pensa le petit canard en fermant les yeux, mais il s'enfuit tout de même. Alors, il entra dans le grand marais[17] où habitaient les canards sauvages. Il y passa toute
135 la nuit, il était bien fatigué et triste.

Au matin, les canards sauvages s'envolèrent et ils regardèrent leur nouveau camarade. « D'où viens-tu, drôle de type ? » demandèrent-ils, et le petit canard se tourna de tous côtés en saluant du mieux qu'il pouvait.

140 « Tu es réellement laid, dirent les canards sauvages, mais ça nous est égal, pour peu que tu ne te maries pas dans notre famille !... » Le pauvre ! Il ne pensait vraiment pas à se marier, il ne demandait que la permission de rester dans les roseaux et de boire un peu d'eau du marais.

---

14. En général, désigne une pointe métallique placée derrière les bottes d'un cavalier pour piquer le cheval afin qu'il aille plus vite. Ici, il s'agit des ergots du dindon, c'est-à-dire des pointes de corne derrière sa patte, qui ressemblent aux éperons des cavaliers.
15. Fit « glougou » (cri du dindon).
16. Était triste, était malheureux.
17. Étendue d'eau stagnante et peu profonde.

45   Il resta là deux jours entiers, puis arrivèrent deux oies sauvages, ou plus exactement deux jars sauvages, car c'étaient deux mâles. Il n'y avait pas très longtemps qu'ils étaient sortis de l'œuf, c'est pour cela qu'ils étaient si insolents.

« Écoute, camarade, dirent-ils, tu es si laid que tu nous plais! Veux-tu nous accompagner et être oiseau migrateur[18]? Tout près d'ici, dans un autre marais, il y a quelques sacrément[19] belles oies sauvages, toutes demoiselles, qui savent dire: "Coin-coin!" Tu es bien capable d'avoir du succès, laid comme tu es…! »

Au même instant, au-dessus d'eux, on entendit pif! paf! et les deux jars sauvages tombèrent, morts, dans les roseaux, l'eau devint rouge sang. Pif! paf! entendit-on encore, et des bandes entières d'oies sauvages s'envolèrent des roseaux, et il y eut encore des détonations. C'était une grande chasse, les chasseurs encerclaient le marais, il y en avait même quelques-uns dans les branches des arbres qui s'étendaient loin au-dessus des roseaux. La fumée bleue s'insinuait comme des nuages parmi les arbres sombres et restait suspendue au-dessus de l'eau. Dans la vase arrivèrent les chiens de chasse, klask! klask! Joncs et roseaux oscillaient[20] de tous côtés. C'était effroyable pour le petit canard, il tourna la tête pour se la mettre sous l'aile et, en cet instant précis, un gros chien terrible se trouva tout près de lui, longue langue pendante et des yeux horri- blement brillants. Il posa la gueule tout contre le caneton, montra ses dents pointues… et pladsk! pladsk! repartit sans y toucher.

« Oh! Dieu soit loué! soupira le caneton, je suis si laid que même ce chien ne daigne pas[21] me mordre! »

---

18. Oiseau qui change de continent en groupe selon la saison.
19. Mot familier; signifie extrêmement.
20. Se balançaient.
21. N'accepte pas de.

Et il resta tout à fait immobile tandis que les plombs sifflaient
175 dans les roseaux et que les coups de feu se succédaient.

Le calme ne revint que tard dans la journée, mais le pauvre
jeunot[22] n'osait pas encore se lever, il attendit plusieurs heures
encore avant de regarder autour de lui, puis il se dépêcha de
quitter le marais le plus vite qu'il put. Il courut à travers champs
180 et prés, il y avait du vent, il avait du mal à avancer.

Vers le soir, il atteignit une pauvre petite maison de paysans ;
elle était si misérable qu'elle ne savait pas elle-même de quel
côté elle s'effondrerait, en sorte qu'elle avait pris le parti de
rester debout. Le vent soufflait si fort autour du caneton qu'il
185 dut se mettre sur la queue pour résister. Et cela ne cessait d'em-
pirer[23]. Alors, il s'aperçut que la porte était sortie d'un de ses
gonds[24] et qu'elle pendait, de travers, si bien que, par la fente,
il pouvait se glisser dans la chaumière[25] et c'est ce qu'il fit.

Habitait là une vieille femme avec son chat et sa poule, et
190 le chat, qu'elle appelait Fiston, savait faire le gros dos et
ronronner, il allait jusqu'à lancer des étincelles, mais, pour
cela, il fallait le caresser à rebrousse-poil[26]. La poule avait de
toutes petites pattes, aussi l'appelait-on Kot-Kot-courtes-
pattes. C'était une bonne pondeuse et la femme l'aimait comme
195 son propre enfant.

Le matin, on remarqua tout de suite le caneton inconnu, le
chat se mit à ronronner et la poule à glousser.

« Qu'est-ce qu'il y a ? » dit la femme en regardant alentour,
mais elle ne voyait pas bien et elle crut que le caneton était
200 une cane bien grasse qui s'était égarée. « Voilà une bonne prise,
dit-elle, je vais avoir des œufs de cane ; pourvu que ce ne soit
pas un mâle ! on va voir ! »

---

22. Jeune et naïf.
23. Être de pire en pire, de plus en plus mal.
24. Parties métalliques fixées au mur sur laquelle on place la porte pour qu'elle tourne.
25. Petite maison pauvre.
26. À l'envers.

Et le petit canard fut pris à l'essai pour trois semaines, mais il ne vint pas d'œuf. Et le chat était le maître de la maison, et la poule, la maîtresse, et ils disaient tout le temps : « Nous et le monde ! » parce qu'ils croyaient en être la moitié, et la meilleure. Le petit canard trouvait que l'on pouvait avoir une autre opinion, mais la poule ne l'admettait pas.

« Sais-tu pondre un œuf ? demandait-elle.

– Non !

– Bon, alors, tu n'as qu'à taire ton bec ! »

Et le chat disait : « Sais-tu faire le gros dos, ronronner et lancer des étincelles ?

– Non.

– Bon, alors, tu n'as pas à avoir d'opinion quand les gens sensés [27] parlent ! »

Et le petit canard restait dans le coin, et il était de mauvaise humeur. Alors, il se mit à penser à l'air frais et à l'éclat du soleil. Il eut une extraordinaire envie de flotter sur l'eau, pour finir, il ne put se retenir, il fallait qu'il le dise à la poule.

« Qu'est-ce qui t'arrive ? demanda-t-elle. Tu n'as rien à faire, c'est pour cela qu'il te vient des lubies [28] ! Ponds un œuf ou ronronne, et ça te passera.

– Mais c'est si délicieux de flotter sur l'eau, dit le petit canard, si délicieux d'en avoir au-dessus de la tête et de plonger jusqu'au fond !

– Bon ! le beau plaisir ! dit la poule. Tu dois être devenu fou ! Demande au chat, c'est lui le plus sage que je connaisse, s'il aime flotter sur l'eau ou plonger ! Je ne parle pas de moi… ! Demande même à notre maîtresse, la vieille femme : plus sage qu'elle, cela n'existe pas en ce monde ! Crois-tu qu'elle ait envie de flotter et d'avoir de l'eau par-dessus la tête !

– Vous ne me comprenez pas ! dit le petit canard.

27. Sérieux. | **28.** Idées étranges, fantaisistes.

– C'est ça, si nous ne te comprenons pas, qui te comprendra,
235 alors ! Tu ne prétends tout de même pas être plus sage que le
chat et la femme, pour ne pas me citer ! Ne fais pas le malin,
enfant, et remercie ton créateur[29] de tout le bien que l'on t'a
fait ! Est-ce que tu n'es pas arrivé dans une maison chaude,
n'as-tu pas des fréquentations qui puissent t'apprendre quelque
240 chose ! Mais tu es un benêt[30] et ce n'est pas amusant d'avoir
affaire à toi ! Tu peux m'en croire ! Je te veux du bien, je
te dis des choses désagréables, c'est à cela qu'on reconnaît
ses vrais amis ! Occupe-toi seulement de pondre un œuf et
d'apprendre à ronronner ou à lancer des étincelles !

245 – Je crois que je vais m'en aller dans le vaste monde ! dit le
caneton.

– Eh bien, fais-le ! » dit la poule.

Et le petit canard s'en alla : il flottait sur l'eau, il plongeait
mais il était dédaigné de tous les animaux à cause de sa laideur.

250 Puis l'automne arriva, dans la forêt, les feuilles devinrent
jaunes et brunes, le vent s'en emparait si bien qu'elles dansaient
en tous sens, et on sentait le froid dans l'air. Les nuages étaient
lourds de grêle et de flocons de neige, le froid faisait crier :
« Aô ! aô ! » au corbeau sur la clôture. Oh oui ! il y avait de
255 quoi avoir froid quand on y pensait. Ça n'allait vraiment pas
pour le pauvre petit canard.

Un soir que le soleil se couchait dans toute sa splendeur, toute
une bande de superbes grands oiseaux sortit des buissons. Le
petit canard n'en avait jamais vu d'aussi beaux, ils étaient d'un
260 blanc tout brillant, avec de longs cous flexibles[31]. C'étaient des
cygnes, ils poussèrent un cri très étrange, étendirent leurs
longues ailes magnifiques et s'envolèrent de ces froides régions
pour se rendre dans des pays plus chauds, vers de vastes mers
ouvertes ! Ils montèrent si haut, si haut que le vilain petit canard

---

| **29.** Celui qui t'a créé, Dieu. | **30.** Idiot. | **31.** Qui se plient facilement.

65 eut une impression étrange, il tournoya dans l'eau comme une roue, tendit haut le cou vers eux, poussa un cri si fort et bizarre qu'il en eut peur lui-même. Oh ! il ne pourrait oublier ces ravissants oiseaux, ces heureux oiseaux et dès qu'il ne les vit plus, il plongea jusqu'au fond, et quand il revint à la surface, il était hors de lui pour ainsi dire. Il ne savait pas comment s'appelaient ces oiseaux, ni où ils allaient et, pourtant, il les aimait comme il n'avait jamais aimé personne. Il ne les enviait pas, comment l'idée aurait-elle pu lui venir de souhaiter une telle splendeur pour lui-même, il aurait été content si seulement les canards l'avaient toléré parmi eux…, la pauvre vilaine bête !

Et l'hiver fut si froid, si froid. Le caneton devait nager sans arrêt pour empêcher l'eau de geler complètement. Mais chaque nuit, le trou dans lequel il nageait se faisait plus étroit. Il gelait à en faire craquer la croûte de glace. Il fallait que le caneton joue tout le temps des pattes pour que l'eau ne se referme pas. Pour finir, il était si épuisé qu'il resta tout à fait immobile et fut pris dans la glace.

De bonne heure, le matin, arriva un paysan qui le vit, alla casser la glace avec ses sabots et le porta chez lui, à sa femme. Là, on le ranima.

Les enfants voulurent jouer avec lui mais il crut qu'ils voulaient lui faire du mal et, dans sa frayeur, se précipita tout droit dans la jatte[32] de lait si bien qu'il éclaboussa la pièce. La femme cria et tapa dans ses mains. Alors, il vola dans la baratte[33] où était le beurre, puis descendit dans le tonneau de farine et remonta. Quel air il avait, vraiment ! et la femme criait en cherchant à le frapper avec les pincettes[34], et les enfants se culbutaient[35] en courant capturer le caneton, et ils riaient,

32. Vase rond et sans rebord.
33. Appareil où l'on bat la crème pour en extraire le beurre.
34. Grandes pinces pour déplacer les bûches dans la cheminée.
35. Ici, se faisaient tomber.

ils criaient… ! Heureusement que la porte était ouverte, il se
295 précipita parmi les buissons dans la neige fraîchement
tombée… il resta là, comme engourdi[36].

Mais ce serait trop affligeant de raconter toute la détresse
et la misère qu'il dut endurer pendant ce rude hiver… Il gisait
dans le marais parmi les roseaux quand le soleil se remit à
300 briller et à chauffer. Les alouettes chantèrent… ce fut un printemps délicieux.

Alors, d'un coup, il déploya ses ailes, elles bruissaient plus
fort qu'avant et l'emportèrent puissamment. Avant de s'en être
rendu compte, il se trouvait dans un grand jardin où les
305 pommiers étaient en fleur, où les lilas embaumaient et laissaient
pendre leurs longues branches vertes jusque tout en bas, vers
les courbes des douves ! Oh ! qu'il faisait bon, quelle fraîcheur
printanière[37] ! Et droit devant lui, sortant du fourré, arrivèrent
trois charmants cygnes blancs. Leurs plumes bruissaient, ils
310 voguaient légèrement sur l'eau, le caneton reconnut les magnifiques bêtes et fut saisi d'une étrange tristesse.

« Je volerai vers eux, ces oiseaux royaux ! et ils me massa-
creront parce que moi, qui suis si laid, j'ose m'approcher d'eux.
Mais ça m'est égal, mieux vaut être tué par eux qu'être pincé
315 par les canards, piqué par les poules, poussé du pied par la
fille de basse-cour et souffrir en hiver ! » Et il vola jusque dans
l'eau et nagea vers les cygnes magnifiques, qui le virent et s'en
vinrent vers lui, plumes bruissantes[38]. « Tuez-moi donc ! »
dit la pauvre bête en courbant la tète vers la surface de l'eau
320 et en attendant la mort… mais que vit-il dans l'eau limpide[39] :
Il vit en dessous de lui sa propre image, mais ce n'était plus
un oiseau grisâtre et lourdaud, affreux et laid, c'était un cygne

Cela ne fait rien qu'on soit né dans une basse-cour si l'on
est sorti d'un œuf de cygne !

---

36. Ralenti, endormi par le froid.
37. Du printemps.
38. Verbe bruire ; qui faisaient du bruit.
39. Claire et transparente.

Harry Clarke, illustration pour « Le Vilain Petit Canard » (1910).

325   Il se sentait vraiment content de toute la détresse[40] et des contrariétés[41] qu'il avait subies. Maintenant, il comprenait précisément son bonheur, toute cette splendeur qui l'accueillait. Et les grands cygnes nageaient autour de lui, le caressant du bec.

330   Quelques petits enfants arrivèrent au jardin, ils jetèrent dans l'eau du pain et des graines, et le plus petit cria :

« Il y en a un nouveau ! » et les autres enfants exultèrent[42] avec lui : « Oui, il en est arrivé un nouveau ! » et ils battaient des mains et dansaient en rond, coururent chercher leur père
335 et leur mère, et l'on jeta dans l'eau du pain et des gâteaux, et tous, ils disaient : « C'est le nouveau le plus beau ! Si jeune et si joli ! » et les vieux cygnes s'inclinèrent devant lui.

Alors il se sentit tout gêné et se cacha la tête sous les ailes, il ne savait plus où il en était ! il était trop heureux, bien que
340 pas fier du tout, car un bon cœur n'est jamais fier ! Il songeait comme il avait été pourchassé et honni[43] et il entendait maintenant tout le monde dire qu'il était le plus ravissant de tous les ravissants oiseaux. Et les lilas inclinaient leurs branches jusque dans l'eau, devant lui, et le soleil brillait, chaud et bon,
345 alors ses plumes bruirent, son col flexible se dressa, et il exulta de tout son cœur : « Je ne rêvais pas de tant de bonheur quand j'étais le vilain petit canard ! »

---

40. Sentiment d'abandon, désespoir.
41. Souffrances, malheurs subis.
42. Ressentirent une grande joie.
43. Rejeté, couvert de honte.

Questions

Repérer et analyser

Le début du conte

1 **a.** Le conte commence-t-il par une formule d'ouverture traditionnelle (voir p. 22) ?
b. Sur quels éléments la première phrase attire-t-elle l'attention ?
2 En quoi ce début de conte est-il merveilleux ?

Les lieux et le temps

3 Quelles sont les différentes saisons mentionnées au cours du
conte ? Combien de temps s'est-il approximativement écoulé entre
le début et la fin de l'histoire ? Appuyez-vous sur des indices précis.
4 Faites la liste des différents lieux traversés par le petit canard.
5 **a.** Relevez l'indication de lieu présente au début et à la fin du
conte (l. 8 et 307).
b. Dans quel lieu le petit canard retourne-t-il à la fin ?

Le récit initiatique

« Le Vilain Petit Canard » est un récit initiatique dont la structure suit le
développement du personnage, de sa naissance à sa maturité.
Le *récit initiatique* retrace l'évolution d'un personnage qui se construit à partir
des souffrances qu'il endure et de ses rencontres.

6 Relisez les lignes 1 à 64 : quelle est la situation du petit canard
depuis sa naissance ? Pour répondre :
a. Dites ce qui différencie le petit canard de ses frères dans les
circonstances de son éclosion (l. 19 à 56).
b. Citez le conseil que la vieille cane donne à la mère cane (l. 40 à 46).
c. Comparez comment la mère cane considère le petit canard avant
et après l'avoir présenté à la basse-cour. Que constatez-vous ?
d. Relevez dans les lignes 88 à 129 les marques de l'intolérance des
oiseaux de la basse-cour et classez-les d'abord par ordre d'apparition puis par ordre d'importance. Que constatez-vous ?
7 Relisez les lignes 130 à 296.
. Énumérez les animaux que le petit canard rencontre successivement
. 130 à 249). Relevez les indices qui prouvent que les uns sont plutôt

marginaux (en dehors de la société), tandis que les autres ont un mode de vie plus confortable.

b. Les canards sauvages acceptent-ils totalement le petit canard ou bien se contentent-ils de le tolérer ?

c. Quelles sont les deux activités que la poule Kot-Kot-courtes-pattes conseille au petit canard (l. 209 à 244) ? Son conseil est-il approprié ou bien absurde ? Justifiez votre réponse.

d. Classez les différents personnages rencontrés par le petit canard en deux catégories selon qu'ils sont plutôt amicaux ou plutôt hostiles envers lui.

8 Comparez, saison après saison, la situation du petit canard. Quel rapport le narrateur a-t-il établi entre l'état de la nature et les étapes du développement du petit canard ? Vous présenterez votre réponse sous la forme d'un tableau comparatif.

	Étapes du développement du petit canard	État de la nature
Été		
Automne		
Hiver		
Printemps		

9 Lors du départ majestueux des cygnes pour les pays chauds (l. 260 à 267), quelle attitude spontanée du petit canard le rapproche de ces oiseaux ?

10 Comparez la situation du petit canard au début et à la fin du conte. En quoi a-t-elle changé ?

La caractérisation du personnage

11 Relisez les deux premières phrases prononcées par le petit canard (l. 131-132 et 172-173). Quelle explication unique le petit canard donne-t-il chaque fois qu'il lui arrive quelque chose ?

12 « Les enfants voulurent jouer avec lui mais il crut qu'ils voulaient lui faire du mal » (l. 286-287) : comment expliquez-vous la réaction du petit canard ?

13 Dans le dernier paragraphe, quel geste du petit canard indique sa modestie ?

14 a. Recherchez les deux sens possibles de l'adjectif « vilain ». Quel sens donnez-vous à l'adjectif « vilain » dans le titre du conte ?

b. À quelle espèce d'oiseau le vilain petit canard appartient-il ?

La visée

15 Ce conte vous semble-t-il plutôt optimiste ou pessimiste ?

16 Quelle phrase peut constituer la morale de ce conte ? Expliquez-la en un court paragraphe.

S'exprimer à l'oral

17 Relisez les différentes évocations de la nature au fil des saisons. Choisissez votre évocation préférée, faites-en une lecture expressive, puis expliquez à vos camarades les raisons de votre choix.

Écrire

Développer un épisode du conte

18 « Mais ce serait trop affligeant de raconter toute la détresse et la misère qu'il dut endurer pendant ce rude hiver » (l. 297-298), affirme le narrateur qui ne dira rien des épreuves auxquelles a été confronté le petit canard. À votre avis, que lui est-il arrivé ?

Rédigez un paragraphe présentant les souffrances endurées par le petit canard pendant ce terrible hiver.

Étudier une image

19 Observez l'illustration de la page 119.

a. Quel moment précis du conte est représenté ? Citez les lignes.

b. Quels personnages voit-on nettement ? Lesquels se confondent avec le paysage ? Pourquoi ?

c. En quoi le cadre est-il merveilleux ?

Contes d'Andersen
La Petite Sirène

Dans la mer, bien loin, l'eau est aussi bleue que les pétales du plus joli bleuet et aussi limpide que le cristal le plus pur, mais elle est très profonde, si profonde qu'aucune ancre n'atteint le fond, il faudrait empiler des quantités de clochers pour
5 monter du fond à la surface. C'est là qu'habitent les ondins[1].

Maintenant, n'allez pas croire qu'il n'y a là qu'un fond de sable blanc et nu ; non, les arbres et les plantes les plus extraordinaires y poussent, leurs tiges et leurs feuilles sont si souples qu'elles remuent au moindre mouvement de l'eau comme si
10 elles étaient vivantes. Tous les poissons, petits et grands, se faufilent entre les branches, comme ici, les oiseaux dans l'air. À l'endroit le plus profond, il y a le château du roi de la mer, ses murs sont de corail et ses longues fenêtres gothiques[2], de l'ambre le plus clair, mais le toit est fait de coquillages qui s'ou-
15 vrent et se ferment au gré des courants ; cela a très grand air car, dans chaque coquillage, il y a des perles scintillantes[3] : une seule ferait une parure[4] splendide dans la couronne d'une reine.

Le roi de la mer était veuf depuis bien des années, c'est sa vieille mère qui tenait sa maison, c'était une femme avisée[5],
20 mais fière de sa noblesse, aussi portait-elle douze huîtres sur la queue, là où les autres dignitaires[6] ne devaient en porter que six… Sinon, elle méritait grandes louanges[7], en particulier parce qu'elle aimait tant les petites princesses de la mer, les filles de son fils. C'étaient six charmantes enfants, mais la plus

1. Génies des eaux dans les mythologies d'Europe du Nord.
2. Hautes fenêtres à sommet pointu qu'on trouve dans les églises à l'époque gothique (fin du Moyen Âge, du XIIe au XVe siècle).

3. Brillantes.
4. Décoration, ornement.
5. Intelligente, réfléchie.
6. Personnages importants du royaume.
7. Compliments.

25 jeune était la plus belle de toutes, sa peau avait l'éclat limpide[8] d'un pétale de rose, ses yeux étaient bleus comme le lac le plus profond, seulement, comme toutes les autres, elle n'avait pas de pieds mais une queue de poisson.

Il leur arrivait de jouer à longueur de journée dans le château, 30 dans les grandes salles où des fleurs vivantes poussaient sur les murs. On ouvrait les grandes fenêtres d'ambre[9] et, alors, les poissons entraient et nageaient jusqu'à elles, tout comme chez nous les hirondelles entrent en volant quand nous ouvrons, et les poissons nageaient tout droit jusqu'aux petites princesses, mangeant dans leur main et se laissant caresser.

À l'extérieur du château, il y avait un grand jardin aux arbres rouge feu et bleu sombre, les fruits étincelaient comme de l'or, et les fleurs, comme feu ardent[10], tout en agitant constamment tiges et pétales. Pour le sol, il était du sable le plus fin, mais bleu comme soufre enflammé. Sur le tout planait une merveilleuse lueur bleue, on se serait cru très haut en l'air à ne voir que le ciel au-dessus et en dessous de soi, plutôt que de se trouver au fond de la mer. Par temps parfaitement calme, on pouvait apercevoir le soleil, on aurait dit une fleur pourpre[11] dont le calice dispensait toute cette lumière.

Chacune des petites princesses avait son petit coin dans le jardin, où elle pouvait creuser et planter comme elle le voulait ; l'une donnait à sa plate-bande de fleurs la forme d'une baleine, une autre préférait que la sienne ressemblât à une petite sirène, mais la plus jeune fit la sienne toute ronde comme le soleil et n'eut que des fleurs d'un rouge éclatant, comme lui. C'était une étrange enfant, tranquille et réfléchie, et tandis que ses sœurs décoraient leur coin avec les choses

---

8. Clair.
9. Pierre précieuse (résine fossilisée) transparente, de couleur jaune orangé.
10. Éclatant, intense.
11. Rouge foncé.

les plus extraordinaires qu'elles avaient retirées des bateaux
55 coulés, elle, ne voulait, en dehors des fleurs rose vif qui
ressemblaient au soleil là-haut, qu'une belle statue de marbre :
c'était un joli garçon taillé dans de la pierre blanche et claire
et qu'un naufrage avait déposé au fond de la mer. Elle planta
près de cette statue un saule pleureur[12] rose vif qui poussa
60 merveilleusement et fit retomber ses fraîches branches tout
autour, jusqu'au sol de sable bleu où l'ombre apparaissait
violette et remuait comme les branches ; on aurait dit que la
cime et les racines jouaient à s'embrasser.

**Yvan Bilibine
(né en 1876), illustration
pour « La Petite Sirène ».**

12. Arbre à branches
souples et tombantes.

Elle n'avait pas de plus grande joie que d'entendre parler du monde des hommes, là-haut ; il fallait que sa vieille grand-mère raconte tout ce qu'elle savait des bateaux et des villes, des gens et des animaux, surtout, elle trouvait étonnamment merveilleux que, là-haut, sur la terre, les fleurs aient un parfum, elles n'en avaient pas au fond de la mer, et que les forêts soient vertes, et que les poissons que l'on voyait parmi les branches sachent chanter si haut, si délicieusement que c'en était un plaisir ; c'étaient les petits oiseaux que la grand-mère appelait poissons, sinon, les petites princesses n'auraient pu la comprendre puisqu'elles n'avaient jamais vu d'oiseau.

« Quand vous aurez quinze ans, disait la grand-mère, vous aurez la permission de monter à la surface de la mer, de vous asseoir au clair de lune sur les rochers et de voir les grands bateaux passer ; vous verrez des forêts, des villes ! » L'année qui vint, l'une des sœurs eut quinze ans, mais les autres… eh bien, chacune avait un an de moins que la précédente, et, donc, la plus jeune devait attendre encore cinq ans avant d'oser monter du fond de la mer pour voir notre monde. Mais elles se promettaient mutuellement[13] de se raconter ce qu'elles auraient vu et trouvé de plus joli le premier jour, car leur grand-mère ne leur en racontait pas assez, il leur restait toujours tant de choses à savoir.

Aucune n'était aussi impatiente que la plus jeune, celle, précisément, qui avait le plus longtemps à attendre et qui était si calme et réfléchie. Bien des nuits, elle restait à la fenêtre ouverte, levant les yeux à travers l'eau bleu sombre où les poissons agitaient les nageoires et la queue. Elle apercevait la lune et les étoiles, certes, elles brillaient d'un éclat bien pâle, mais à travers l'eau, elles avaient l'air bien plus grandes qu'à nos yeux ; qu'il passât comme une sorte de nuage sous elles,

---

13. Les unes les autres.

95 elle savait alors que c'était soit une baleine qui nageait au-dessus d'elle, soit encore un bateau plein de gens qui ne pensaient sûrement pas qu'une charmante petite sirène se trouvait en dessous, tendant vers la quille ses blanches mains.

Ainsi, l'aînée des princesses eut quinze ans et monta à la 100 surface de la mer.

Quand elle revint, elle avait cent choses à raconter, mais le plus délicieux, dit-elle, c'était de s'étendre au clair de lune sur un banc de sable dans la mer tranquille, et de voir tout près de la côte la grande ville où les lumières scintillaient 105 comme des centaines d'étoiles, d'entendre la musique et le bruit et le vacarme des voitures et des gens, de voir tous les clochers et les flèches d'églises, et d'entendre les cloches sonner ; comme elle ne pouvait y aller, c'était surtout de tout cela qu'elle languissait[14].

110 Oh ! comme la plus jeune sœur écoutait, et quand, ensuite, elle se tint à la fenêtre ouverte, le soir, levant les yeux à travers l'eau bleu sombre, elle pensa à la grande ville avec tout son vacarme et son bruit, et elle crut entendre la sonnerie des cloches descendant jusqu'à elle.

115 L'année suivante, la deuxième sœur eut la permission de monter et de nager où elle voudrait. Elle émergea[15] au moment précis où le soleil se couchait et ce fut ce spectacle qu'elle trouva le plus splendide. On eût dit que le ciel tout entier était d'or, dit-elle, et les nuages, eh bien, elle ne pourrait assez les 120 décrire ! Rouges et violets, ils avaient vogué au-dessus d'elle, mais bien plus rapide qu'eux volait, comme un long voile blanc, un groupe de cygnes sauvages, au-dessus de l'eau, là où était le soleil ; elle avait nagé vers lui, mais il avait sombré et la lueur rose s'était éteinte à la surface de la mer et sur les 125 nuages.

| **14.** Regrettait. | **15.** Sortit de l'eau.

L'année suivante, ce fut la troisième sœur qui monta, c'était la plus hardie[16] de toutes, aussi nagea-t-elle vers un large fleuve qui se jetait dans la mer. Elle vit de magnifiques collines vertes avec des vignes, des châteaux et des fermes qui perçaient parmi
30 de splendides forêts ; elle entendit chanter tous les oiseaux et le soleil était si chaud qu'elle dut plonger souvent pour rafraîchir son visage brûlant. Dans une petite anse[17], elle rencontra tout un groupe d'enfants ; ils couraient tout nus et pataugeaient dans l'eau, elle voulut jouer avec eux, mais ils se sauvèrent,
5 effrayés, et un petit animal noir arriva, c'était un chien, mais jamais, encore, elle n'avait vu de chien, il aboya si affreusement après elle qu'elle prit peur et chercha refuge en pleine mer, mais jamais elle ne pourrait oublier les magnifiques forêts, les vertes collines et les jolis enfants qui savaient nager bien qu'ils n'aient pas de queue de poisson.

La quatrième sœur n'était pas si hardie, elle resta au beau milieu de la mer démontée[18] et dit que c'était précisément là que c'était le plus magnifique ; on voyait à des lieues[19] à la ronde et le ciel, au-dessus, était comme une grande cloche de verre. Des bateaux, elle en avait vu, mais loin, on aurait dit des goélands[20], les dauphins amusants avaient fait des culbutes[21], et les grosses baleines avaient soufflé de l'eau par leurs évents[22], on aurait cru qu'il y avait des centaines de jets d'eau à la ronde.

Vint le tour de la cinquième sœur ; son anniversaire tombait en hiver, aussi vit-elle ce que les autres n'avaient pas vu la première fois. La mer était très verte, çà et là nageaient de grands icebergs[23], chacun avait l'air d'une perle, dit-elle,

---

16. Courageuse.
17. Partie arrondie de la côte où l'eau est peu profonde.
18. Agitée.
19. Une lieue est une unité de mesure de distance valant environ quatre kilomètres.

20. Oiseaux marins à plumage blanc et gris.
21. Sauts agiles, cabrioles.
22. Narines des baleines situées sur le sommet de leur tête.
23. Énormes blocs de glace flottants.

et il était pourtant bien plus grand que les clochers construits
155 par les hommes. Ils prenaient les formes les plus extraordinaires et brillaient comme des diamants. Elle s'était assise
sur l'un des plus grands et tous les voiliers s'écartaient, effrayés,
de l'endroit où elle se trouvait, laissant voler au vent sa longue
chevelure ; mais vers le soir, le ciel se couvrit de nuages, il y
160 eut des éclairs, du tonnerre, tandis que la mer, toute noire,
soulevait très haut les gros blocs de glace et les faisait briller
sous les éclairs rouges. Sur tous les bateaux, on carguait[24] les
voiles, angoisse et terreur, mais elle, elle restait tranquille sur
son iceberg flottant, à voir le rai[25] bleu de l'éclair frapper en
165 zigzag la mer qui brillait.

La première fois que l'une des sœurs montait à la surface,
chacune était toujours ravie de tout ce qu'elle avait vu de
nouveau et de beau, mais comme, maintenant, devenues
grandes filles, elles avaient la permission de monter quand
170 elles voulaient, cela leur devenait indifférent, elles languis-
saient de revenir chez elles et, au bout d'un mois, elles disaient
que c'était quand même là que c'était le plus beau et que l'on
était tellement bien chez soi.

Le soir, bien des fois, les sœurs se prenaient par le bras et
175 montaient en ligne à la surface ; elles avaient de charmantes
voix, plus belles que celle d'aucun humain, et quand une
tempête s'annonçait et qu'elles pouvaient croire que des
bateaux sombreraient[26], elles nageaient devant les bateaux
et chantaient délicieusement la beauté du fond de la mer,
180 demandant aux marins de ne pas avoir peur d'y descendre ;
mais ceux-ci ne comprenaient pas leurs paroles, ils croyaient
que c'était la tempête et ils ne parvenaient pas à voir les délices
d'en bas, car lorsque le bateau coulait, les hommes se noyaient
et c'est morts qu'ils arrivaient au château du roi de la mer.

---

24. Repliait et attachait les voiles.   26. Couleraient.
25. Trait, rayon.

85 Quand, de la sorte, les sœurs montaient le soir, bras dessus, bras dessous à travers la mer, la petite sirène restait toute seule à les suivre des yeux et l'on eût dit qu'elle allait pleurer, mais une sirène n'a pas de larmes et elle n'en souffre que davantage.

« Ah ! si seulement j'avais quinze ans ! disait-elle ; je sais que je vais vraiment aimer ce monde de là-haut et les humains qui l'habitent ! »

Enfin, elle eut ses quinze ans.

« Eh bien, te voilà émancipée[27] ! dit sa grand-mère, la vieille reine douairière[28]. Viens, que je te pare[29] comme tes sœurs ! » Et elle lui posa une couronne de lis blancs sur les cheveux, chaque pétale de fleur étant une demi-perle ; et la vieille fit fixer sur la queue de la princesse huit grandes huîtres pour manifester[30] son rang élevé.

« Ça fait mal ! dit la petite sirène.

– Oui, il faut souffrir un peu pour être belle ! » dit la vieille.

Oh ! elle aurait tant voulu se débarrasser de toute cette parure et déposer sa lourde couronne ; les fleurs rouges de son jardin l'habillaient beaucoup mieux, mais elle n'osa pas défaire tout cela. « Au revoir ! » dit-elle, et elle monta dans l'eau, claire et légère comme une bulle.

Le soleil venait tout juste de se coucher quand sa tête émergea, mais tous les nuages brillaient encore comme des roses et de l'or et, dans l'atmosphère rouge pâle, l'étoile du soir scintillait, claire et délicieuse, l'air était frais et doux, la mer, parfaitement calme. Un grand trois-mâts[31] mouillait là, une seule voile dehors car il n'y avait pas un souffle de vent et tout autour des cordages comme sur les vergues[32] étaient assis les matelots. Il y avait de la musique et des chants, au fur

---

27. Libre, autonome.
28. Veuve qui a hérité du pouvoir de son ancien mari.
29. Que je t'habille élégamment.

30. Signaler, indiquer.
31. Bateau à trois mâts.
32. Poutres en bois placées sur le haut du mât pour soutenir la voile.

et à mesure que la soirée s'assombrissait, s'allumaient des
215 centaines de lumières ; on aurait dit que les drapeaux de toutes
les nations flottaient dans l'air. La petite sirène nagea jusqu'au
hublot du salon et chaque fois que l'eau la soulevait, elle apercevait par les carreaux transparents beaucoup de gens fort
bien mis, mais le plus beau était pourtant le jeune prince aux
220 grands yeux noirs, il ne devait sûrement pas avoir beaucoup
plus de seize ans, c'était son anniversaire, et voilà pourquoi
il y avait toute cette pompe[33]. Les matelots dansaient sur le
pont, et quand le jeune prince s'y rendit, plus de cent fusées
partirent en l'air, elles éclairaient comme en plein jour si bien
225 que la petite sirène eut très peur, elle plongea sous l'eau mais
elle ressortit bientôt la tête, et alors, ce fut comme si toutes les
étoiles du ciel tombaient sur elle. Jamais elle n'avait vu le feu
faire pareille magie. De grands soleils tournoyaient, de magnifiques poissons de feu ondulaient[34] dans l'air bleu, et la mer
230 calme et limpide renvoyait tout cet éclat. Sur le bateau, il faisait
si clair que l'on apercevait le moindre cordage, à plus forte
raison les gens. Oh ! comme le jeune prince était beau tout de
même, et il serrait la main aux gens, il riait, il souriait tandis
que la musique résonnait dans la nuit splendide.

235   Il se fit tard, mais la petite sirène ne pouvait détourner les
yeux du bateau et du charmant prince. Les lumières multicolores furent éteintes, les fusées ne partaient plus, on n'entendait plus de coups de canon, mais il y avait un bruissement[35],
un grondement au profond de la mer ; elle resta sur l'eau,
240 ballottée[36] par les vagues, afin de voir dans le salon ; mais le
bateau prit de la vitesse, les voiles furent déployées[37] l'une
après l'autre, les vagues se firent plus fortes, de gros nuages
s'amassèrent, il y eut des éclairs au loin. Oh ! il allait y avoir

---

33. Cérémonie magnifique.
34. Avançaient en zigzag.
35. Léger bruit.
36. Secouée, déplacée.
37. Dépliées, détachées.

un épouvantable orage ! Aussi les matelots carguèrent-ils les
45 voiles. Le gros bateau roula et tangua[38] à une vitesse folle sur
la mer démontée, l'eau se souleva en grandes montagnes noires
qui voulaient déferler[39] sur le mât, mais le bateau plongeait
comme un cygne entre les hautes vagues pour se laisser de
nouveau soulever sur l'amoncellement[40] des eaux. La petite
50 sirène trouvait que c'était une course amusante, mais ce n'était
pas l'avis des marins, le bateau craquait avec fracas, les épais
madriers[41] ployaient sous la puissance des coups, la mer prenait
d'assaut le bateau, le mât se brisa par le milieu comme un
roseau, et le bateau se coucha sur le flanc tandis que l'eau
55 pénétrait dans la cale. La petite sirène vit alors qu'ils étaient
en péril, elle-même dut prendre garde aux poutres et aux débris
qui dérivaient sur l'eau. Un instant, il fit si noir qu'elle ne put
plus rien voir, mais dès qu'il y avait un éclair, il faisait si clair
de nouveau qu'elle reconnaissait tout le monde sur le bateau ;
chacun se démenait de son mieux ; elle cherchait surtout le
jeune prince et elle le vit, quand le bateau se brisa, sombrer
dans la mer profonde. Aussitôt, elle se réjouit très fort, car,
maintenant, il descendait jusque chez elle, mais elle se rappela
alors que les hommes ne peuvent pas vivre dans l'eau et qu'il
ne pourrait arriver que mort au château de son père. Mourir,
non, il ne fallait pas qu'il meure. Aussi nagea-t-elle parmi les
poutres et les planches dérivant sur la mer, oubliant totalement qu'elles auraient pu l'écraser, elle plongea profondément
pour remonter très haut parmi les vagues, et parvint enfin
jusqu'au jeune prince qui ne pouvait presque plus nager dans
la mer déchaînée : ses bras et ses jambes commençaient à
s'épuiser, ses beaux yeux se fermaient, il aurait dû mourir si
la petite sirène n'était intervenue. Elle lui tint la tête au-dessus

---

38. S'agita à cause des vagues.
39. Aller se cogner, se briser
(les vagues).

40. Accumulation.
41. Pièces de bois.

de l'eau et laissa les vagues les pousser, elle et lui, là où elles
275 voulaient.

Au matin, le mauvais temps était passé ; du bateau, on ne
voyait pas un débris ; rouge et brillant, le soleil se leva de l'eau,
ce fut comme si les joues du prince en étaient animées, mais
ses yeux restèrent fermés ; la sirène embrassa son beau front
280 haut et repoussa ses cheveux mouillés ; elle eut l'impression
qu'il ressemblait à la statue de marbre dans son petit jardin,
elle l'embrassa encore en souhaitant qu'il pût vivre.

Elle vit alors devant elle la terre ferme, de hautes montagnes
bleues à la cime[42] desquelles brillait la neige blanche comme
285 si c'étaient des cygnes couchés là ; sur la côte il y avait de splendides forêts vertes et, devant, une église ou un monastère[43], elle
ne savait pas bien, mais c'était un bâtiment, en tout cas. Dans
le jardin poussaient des citronniers et des pommiers et devant
le portail s'élevaient des hauts palmiers. La mer formait là une
290 petite anse totalement calme mais fort profonde jusqu'à la
roche couverte de fin sable blanc : c'est jusque-là qu'elle nagea
avec le beau prince ; elle le déposa sur le sable et veilla surtout
qu'il eût la tête en haut dans la chaleur de l'éclat du soleil.

Or les cloches sonnèrent dans le grand bâtiment blanc et un
295 grand nombre de jeunes filles traversèrent le jardin. Alors, la
petite sirène nagea plus loin jusque derrière quelques rochers
élevés qui dépassaient de l'eau, se mit de l'écume de mer sur
les cheveux et sur la poitrine pour que personne ne pût voir
son petit visage et examina qui venait au pauvre prince.

300 Il ne fallut pas longtemps pour qu'une jeune fille vînt jusque-
là, elle parut très effrayée, mais un instant seulement, puis elle
alla chercher d'autres personnes et la sirène vit le prince
reprendre vie et sourire à tout le monde à la ronde, mais à elle

---

42. Sommet.
43. Édifice religieux où vivent des moines.

il ne souriait pas, il ne savait pas non plus, bien entendu, que
05 c'était elle qui l'avait sauvé. Elle se sentit bien affligée[44] et
quand on le conduisit dans le grand bâtiment, elle plongea,
toute triste, pour rentrer chez elle, au château de son père.

Toujours, elle avait été calme et réfléchie, mais désormais,
elle le fut bien plus encore. Ses sœurs lui demandèrent ce qu'elle
10 avait vu la première fois qu'elle était allée là-haut, mais elle
ne raconta rien.

Bien des soirs, bien des matins, elle montait là où elle avait
quitté le prince. Elle vit mûrir les fruits du jardin, et qu'on les
cueillait, elle vit fondre la neige sur les hautes montagnes, mais
15 le prince, elle ne le vit pas, aussi retournait-elle chez elle plus
affligée encore. Là, sa seule consolation était de rester dans
son petit jardin et d'entourer de ses bras la belle statue de
marbre qui ressemblait au prince, mais de ses fleurs, elle ne
s'occupait pas, elles poussaient comme dans un fourré[45], jusque
dans les allées, enlaçant de leurs tiges et de leurs feuilles les
branches des arbres si bien qu'il faisait tout sombre.

Finalement, elle n'y tint plus, elle le dit à l'une de ses sœurs,
et, aussitôt, toutes les autres l'apprirent, mais personne d'autre
qu'elles sinon deux ou trois autres sirènes qui ne le dirent qu'à
leurs plus proches amies. L'une de celles-ci savait qui était ce
prince, elle aussi avait vu la fête sur le bateau et savait d'où il
était, où se trouvait son royaume.

« Viens, petite sœur ! » dirent les autres princesses, et les bras
autour des épaules l'une de l'autre, elles montèrent en une
longue ligne devant l'endroit où elles savaient que se trouvait le château du prince.

Celui-ci était fait d'une sorte de pierres jaune clair et
brillantes, avec de grands escaliers de marbre par lesquels

44. Attristée, malheureuse.
45. Endroit d'un bois où poussent des broussailles.

on descendait tout droit à la mer. De magnifiques coupoles[46]
335 dorées s'élevaient au-dessus du toit, et entre les piliers qui
faisaient tout le tour du bâtiment, il y avait de grandes statues
de marbre qui paraissaient vivantes. Par les vitres claires des
hautes fenêtres, on plongeait le regard dans les salles magnifiques tendues de rideaux de soie et de tapis, et tous les murs
340 étaient ornés de grands tableaux que c'était un pur plaisir
de regarder. Au milieu de la plus grande salle jaillissait un
grand jet d'eau dont les rayons montaient très haut vers la
coupole de verre à travers laquelle le soleil brillait sur l'eau
et sur les superbes plantes qui poussaient dans le grand
345 bassin.

Elle savait maintenant où il habitait et maint[47] soir, mainte
nuit, elle y vint par la mer. Elle nageait beaucoup plus près de
la terre qu'aucune des autres ne l'avait osé, elle alla même
jusque dans le canal étroit, vers la magnifique terrasse de
350 marbre qui projetait une longue ombre sur l'eau. Elle restait
là à regarder le jeune prince qui se croyait tout seul dans la
limpidité du clair de lune.

Bien des soirs, elle le vit naviguer en musique dans son splendide bateau où flottaient les drapeaux. Elle risquait un regard
355 entre les verts roseaux et si le vent s'en prenait à son long voile
et que quelqu'un eût vu cela, on eût pensé que c'était un cygne
déployant ses ailes.

Mainte nuit, quand les pêcheurs étaient en mer à la lueur de
leurs torches, elle les entendit dire grand bien du jeune prince,
360 elle se réjouissait de lui avoir sauvé la vie alors qu'à demi mort
il flottait sur les vagues et elle songeait comme sa tête avait
fermement reposé sur sa poitrine et comme elle l'avait tendre-
ment embrassé. Il n'en savait absolument rien, il ne pouvait
pas même rêver d'elle.

| **46.** Toits ronds. | **47.** Plusieurs.

65 De plus en plus, elle se mit à aimer les humains, de plus en plus, elle souhaita pouvoir monter parmi eux ; leur monde lui paraissait bien plus vaste que le sien ; car ils étaient capables de voler sur la mer en bateau, de grimper sur les hautes montagnes haut au-dessus des nuages et les terres qu'ils possé-
70 daient, avec leurs forêts et leurs champs, s'étendaient bien au-delà de la portée de ses regards. Il y avait tant de choses qu'elle aurait voulu savoir, mais ses sœurs n'avaient pas réponse à tout, aussi interrogea-t-elle la vieille grand-mère qui connaissait bien le monde d'en haut : c'est ainsi qu'à juste titre[48] elle
75 appelait les pays d'au-dessus de la mer.

« Quand les humains ne se noient pas, demanda la petite sirène, peuvent-ils vivre toujours, ne meurent-ils pas, comme nous, ici-bas, dans la mer ?

– Si ! dit la vieille, ils doivent mourir, eux aussi, et leur temps de vie est même plus court que le nôtre. Nous, nous pouvons vivre trois cents ans, et lorsque nous cessons d'exister ici, nous devenons seulement écume sur l'eau, nous n'avons même pas une tombe ici-bas parmi ceux qui nous sont chers. Nous n'avons pas une âme immortelle, nous ne revivons jamais, nous sommes comme le vert roseau, qu'on le coupe une fois, il ne peut reverdir ! En revanche, les humains ont une âme qui vit toujours, qui vit après que le corps est devenu poussière ; elle monte dans l'air limpide jusqu'à toutes les brillantes étoiles ! Tout comme nous émergeons de la mer et voyons les pays des hommes, de même ils montent jusqu'en des lieux inconnus et délicieux que nous ne verrons jamais.

– Pourquoi ne nous a-t-on pas donné une âme immortelle ? disait la petite sirène, affligée. Je donnerais les trois cents années que j'ai à vivre pour être personne humaine un seul jour et avoir part ensuite au monde céleste[49] !

---

48. Avec raison, justement. | **49.** Du ciel.

– Il ne faut pas y penser, dit la vieille ; nous avons une vie bien meilleure et plus heureuse que les humains là-haut !

– Il va donc falloir que je meure et que je flotte comme écume sur la mer, sans entendre la musique des vagues, sans voir les
400 splendides fleurs et le rouge soleil ! Je ne puis donc rien faire pour acquérir une âme éternelle !...

– Non ! dit la vieille ; à moins qu'un homme t'aime tant que tu sois plus pour lui que son père et sa mère ; s'il t'était attaché de toute sa pensée, de tout son amour et qu'il fasse
405 poser par le pasteur[50] sa main droite dans la tienne en te promettant fidélité ici et pour toute l'éternité son âme s'infuserait[51] dans ton corps et tu participerais aussi au bonheur des hommes. Il te donnerait une âme tout en gardant la sienne. Mais cela ne se fera jamais ! Ce qui, précisément, est splen-
410 dide, ici dans la mer, ta queue de poisson, on trouve cela affreux là-haut sur la terre, on n'y comprend rien, là-bas, il faut avoir deux piliers grossiers qu'on appelle jambes pour être beau ! »

La petite sirène soupira et regarda tristement sa queue de poisson.

415 « Soyons satisfaites, dit la vieille, nous sautons tant et plus pendant les trois cents années que nous avons à vivre, ce n'est tout de même pas mal, ensuite, on n'est que plus satisfait de pouvoir reposer dans sa tombe. Ce soir, nous allons avoir bal à la cour ! »

420 Il faut dire que c'était une splendeur comme on n'en voit jamais sur terre. Les murs et le plafond de la grande salle de danse étaient de verre épais mais diaphane[52]. Plusieurs centaines de coquillages colossaux[53], rose vif et vert pré, étaient rangés de chaque côté, brûlant d'un feu bleu qui illuminait
425 toute la salle et brillait à travers les murs si bien que la mer

---

50. Prêtre de la religion protestante.
51. Se transmettrait, entrerait.
52. Qui laisse passer les rayons lumineux
53. Gigantesques.

au-dehors était tout illuminée, on pouvait voir les innom-
brables poissons, grands et petits, qui nageaient vers le mur
de verre, les écailles de certains brillant d'un éclat pourpre,
d'autres paraissant d'argent et d'or... Au milieu de la salle
coulait un vaste fleuve sur lequel dansaient les ondins et les
sirènes au son délicieux de leurs propres chants. Des voix aussi
belles, les humains, sur terre, n'en ont pas. De tous, c'était la
petite sirène qui chantait le mieux et on l'applaudissait, et, un
instant, elle ressentit de la joie en son cœur car elle savait qu'elle
avait la plus belle voix qui fût sur terre et dans la mer ! Mais
elle se mit à repenser bientôt au monde au-dessus d'elle ; elle
ne pouvait oublier le beau prince et le chagrin qu'elle avait
de ne pas posséder, comme lui, une âme immortelle. Aussi se
glissa-t-elle hors du château de son père et tandis qu'à l'intérieur tout était chant et liesse, elle resta toute triste dans son
petit jardin. Alors, elle entendit le cor sonner à travers l'eau
et elle pensa : « Voilà sûrement qu'il vogue là-haut, lui que
j'aime plus que mon père et ma mère, lui à qui s'attachent mes
pensées et dans la main de qui je voudrais poser le bonheur
de ma vie. Je risquerai tout pour le conquérir et avoir une âme
immortelle ! Pendant que mes sœurs dansent au château de
mon père, je vais aller trouver la sorcière de la mer, elle dont
j'ai toujours eu si peur, peut-être pourra-t-elle me conseiller
et m'aider ! »

Donc, la petite sirène sortit de son jardin et se dirigea vers
les tourbillons mugissants[54] derrière lesquels habitait la sorcière.
Jamais encore elle n'avait pris ce chemin, il n'y poussait pas de
fleurs, pas d'herbes marines, seul, le sol de sable gris et nu s'étendait vers les remous[55] où l'eau, comme une roue de moulin
grondante, tourbillonnait, arrachant tout ce qu'elle saisissait
pour l'entraîner dans les profondeurs ; il lui fallut traverser

---

54. Hurlants. | **55.** Tourbillons.

ces tourbillons fracassants pour pénétrer dans le domaine de la sorcière et là, sur une longue distance, il n'y avait pas d'autre chemin que celui qui passait au-dessus de la vase[56] chaude et
460 bouillonnante que la sorcière appelait sa tourbière[57]. Sa maison se trouvait derrière, au milieu d'une étrange forêt. Tous les arbres et les buissons étaient des polypes[58], mi-bêtes, mi-plantes, on aurait dit des serpents à cent têtes qui poussaient du sol ; toutes les branches étaient de longs bras visqueux aux doigts
465 comme des vers flexibles[59], qui remuaient de la racine à l'extrémité. Tout ce dont ils pouvaient s'emparer dans la mer, ils s'enlaçaient autour et ne le lâchaient plus. La sirène fut tout effrayée en arrivant dans cette forêt, son cœur battait d'angoisse, pour un peu, elle aurait fait demi-tour, mais, alors, elle
470 pensa au prince et à l'âme humaine et elle prit courage. Elle attacha fermement ses longs cheveux flottants autour de sa tête pour que les polypes ne l'attrapent pas par là, elle joignit les mains sur sa poitrine et s'envola, comme le poisson vole à travers l'eau, parmi les affreux polypes qui tendaient vers elle
475 leurs bras et leurs doigts flexibles. Elle vit comme chacun tenait quelque chose qu'il avait attrapé, des centaines de petits bras le maintenaient comme de solides liens de fer. Des naufragés qui avaient sombré jusqu'en ces profondeurs apparaissaient, squelettes blancs, dans les bras des polypes. Ceux-ci étrei-
480 gnaient[60] des gouvernails, des squelettes d'animaux terrestres et – ce qui fut presque le plus épouvantable pour elle – une petite sirène qu'ils avaient capturée et étouffée.

Elle arriva alors à un grand espace visqueux[61] dans la forêt où s'ébattaient[62] des couleuvres d'eau, grandes et grasses,

---

56. Boue.
57. Marécage.
58. Animaux aquatiques primitifs au corps allongé et creux terminé par une bouche entourée de tentacules, qui vivent accrochés aux roches sous-marines.

59. Qui se plient facilement, mous.
60. Tenaient fermement, serraient.
61. Gluant.
62. Se déplaçaient librement.

en montrant leur répugnant ventre jaunâtre. Au milieu de
cet espace se dressait une maison faite de blancs ossements
humains échoués : c'est là que siégeait la sorcière de la mer,
qui faisait manger un crapaud dans sa propre bouche comme
font les humains pour donner du sucre à un petit canari.
Ces affreuses et grasses couleuvres d'eau, elle les appelait ses
petits poussins et les laissait se vautrer sur sa vaste poitrine
spongieuse[63].

« Je sais bien ce que tu veux ! dit la sorcière de la mer ; c'est
stupide de ta part ! Tu feras à ta volonté tout de même car
elle te mettra dans le malheur, ma charmante princesse. Tu
voudrais bien te débarrasser de ta queue pour avoir à la place
deux moignons[64] sur lesquels marcher, comme les humains,
afin que le jeune prince s'éprenne[65] de toi et que tu puisses
l'obtenir, lui et une âme immortelle !… » Ce disant, la sorcière
eut un rire si bruyant et si laid que le crapaud et les couleuvres
tombèrent par terre où ils se vautrèrent. « Tu arrives au bon
moment, dit la sorcière, demain, quand le soleil se serait levé,
il aurait fallu une année entière avant que je puisse t'aider. Je
vais te préparer une boisson ; avant que le soleil se lève, tu
vas nager jusqu'à terre et l'emporter, tu t'assoiras au bord et
la boiras, alors, ta queue se divisera et se rétrécira pour donner
ce que les hommes appellent de jolies jambes, mais cela fait
mal, c'est comme si une épée acérée[66] te transperçait. Tous
ceux qui te verront diront que tu es la plus délicieuse enfant
d'un homme qu'ils aient vue ! Tu conserveras ta démarche
dansante, aucune danseuse ne pourra marcher en se balan-
çant comme toi, mais à chaque pas que tu feras, ce sera comme
si tu marchais sur un couteau tranchant qui ferait couler ton
sang. Veux-tu souffrir tout cela et que je t'aide ?

---

63. Molle comme une éponge, flasque.
64. Membres amputés, jambes coupées.
65. Tombe amoureux.
66. Pointue, coupante.

Harry Clarke, illustration pour « La Petite Sirène » (1914).

15 – Oui ! » dit la petite sirène d'une tremblante voix, en pensant au prince et à l'âme immortelle qu'elle gagnerait.

« Mais rappelle-toi, dit la sorcière, dès que tu auras pris forme humaine, tu ne pourras jamais plus redevenir sirène ! Jamais tu ne pourras descendre à travers l'eau jusqu'à tes sœurs et au château de ton père, et si tu ne gagnes pas l'amour du prince, de sorte que, pour toi, il oublie père et mère, dépende de toi de toute sa pensée, et fasse que le pasteur unisse vos mains pour que vous deveniez mari et femme, alors, tu n'auras pas d'âme immortelle ! Le lendemain matin du jour où il en aura épousé une autre, ton cœur se brisera et tu deviendras écume sur l'eau.

– Je le veux ! dit la petite sirène, pâle comme une morte.

– Mais il faut me payer, moi aussi ! dit la sorcière, et ce que je réclame, ce n'est pas peu de chose. Tu as la plus délicieuse voix de tous ceux qui sont ici au fond de la mer, tu crois sans doute que c'est par elle que tu l'enchanteras, mais cette voix, tu vas me la donner. Je veux le meilleur de ce que tu possèdes pour ma précieuse boisson ! car c'est mon propre sang qu'il faut que j'y mêle pour que cette boisson soit âpre[67] comme une épée à double tranchant !

– Mais si tu prends ma voix, dit la petite sirène, que me restera-t-il ?

– Ta ravissante personne, dit la sorcière, ton allure dansante et tes yeux éloquents[68] : cela suffit pour ensorceler un cœur humain. Eh bien, as-tu perdu courage ! Tends-moi ta petite langue, que je la coupe pour paiement, et tu auras la puissante boisson !

– Soit ! » dit la petite sirène, et la sorcière installa sa marmite pour faire bouillir la boisson magique. « La propreté est une bonne chose ! » dit-elle en récurant la marmite avec les couleuvres dont elle avait fait un nœud. Puis elle s'égratigna la poitrine

---

67. Qui racle la gorge, désagréable, amère. | **68.** Expressifs, communicatifs.

et fit dégoutter son sang noir, la vapeur prit les formes les plus étranges, il y avait de quoi être terrifié. À chaque instant, la sorcière mettait de nouvelles choses dans la marmite et lorsque ce fut bien bouillant, on eût dit des larmes de crocodile. Enfin,
550 la boisson fut prête, elle avait l'aspect de l'eau la plus pure !

« Voilà ! » dit la sorcière en tranchant la langue de la petite sirène qui, maintenant, était muette et ne pouvait ni chanter ni parler.

« Au cas où les polypes voudraient t'attraper quand tu retra-
555 verseras ma forêt, dit la sorcière, jette-leur une seule goutte de cette boisson, leurs bras et leurs doigts partiront en mille morceaux ! » Mais la petite sirène n'en eut pas besoin, les polypes, effrayés, reculèrent devant elle en voyant la boisson lumineuse qui luisait dans sa main comme si c'était une étoile
560 scintillante. De la sorte, elle eut bientôt traversé la forêt, la tourbière et les tourbillons grondants.

Elle aperçut le château de son père ; les lumières étaient éteintes dans la grande salle de danse ; tout le monde dormait, sûrement, elle n'osa pas aller les voir maintenant qu'elle était
565 muette et qu'elle allait les quitter pour toujours. Ce fut comme si son cœur allait se briser de chagrin. Elle se coula dans son jardin, prit une fleur dans les plates-bandes de chacune de ses sœurs, envoya du bout des doigts mille baisers vers le château et monta à travers la mer bleu sombre.

570 Le soleil n'était pas encore levé quand elle vit le château du prince et gravit le magnifique escalier de marbre. La lune brillait, d'une merveilleuse clarté. La petite sirène but l'âpre boisson brûlante et ce fut comme si une épée à double tran- chant transperçait son corps délicat, elle s'évanouit et resta
575 comme morte. Quand le soleil brilla sur la mer, elle se réveilla et ressentit une douleur aiguë[69], mais juste devant elle se tenai

| **69.** Vive, intense.

le ravissant jeune prince, il fixait ses yeux noirs sur elle, de sorte qu'elle baissa les siens et vit que sa queue de poisson avait disparu et qu'elle avait les plus jolies petites jambes blanches que jeune fille pût avoir, mais elle était toute nue, aussi s'enveloppa-t-elle dans sa longue chevelure. Le prince demanda qui elle était et comment elle était arrivée là, et elle, le regarda très doucement, quoique très tristement de ses yeux bleu foncé, car parler, elle ne le pouvait pas. Alors, il la prit par la main et l'emmena au château. À chaque pas qu'elle faisait, c'était, comme la sorcière l'en avait prévenue, comme si elle foulait[70] des aiguilles acérées et des couteaux affilés[71], mais elle supportait cela volontiers ; tenant la main du prince, elle marchait, légère comme une bulle, et lui, comme tout le monde, s'émerveillait de sa démarche gracieuse et dansante.

Elle mit de précieux vêtements de soie et de mousseline[72] ; au château, c'était la plus belle de toutes, mais elle était muette, ne pouvait ni chanter ni parler. De charmantes esclaves, vêtues de soie et d'or, s'avancèrent et chantèrent pour le prince et ses royaux parents ; l'une chantait mieux que toutes les autres et le prince applaudit et lui sourit : la petite sirène s'affligea, elle savait qu'elle aurait chanté bien mieux ! Elle pensa : « Oh ! si seulement il savait que, pour être auprès de lui, j'ai cédé ma voix à tout jamais ! »

Puis les esclaves exécutèrent des danses gracieuses et légères aux accents de la plus splendide musique. Alors, la petite sirène leva ses beaux bras blancs, se dressa sur la pointe des pieds et traversa la salle en ondulant, dansa comme personne encore n'avait dansé. À chacun de ses mouvements, sa grâce[73] devenait encore plus visible, et ses yeux parlaient plus profondément au cœur que le chant des esclaves.

---

70. Posait le pied.
71. Tranchants.

72. Tissu léger.
73. Élégance.

Tout le monde était ravi, le prince surtout, qui l'appela son petit enfant trouvé, et elle dansa de plus belle, bien que chaque fois que son pied touchait le sol, c'était comme si elle foulait
610 des couteaux acérés. Le prince dit qu'elle resterait tout le temps auprès de lui, et elle eut la permission de dormir devant sa porte sur un coussin de velours.

Il lui fit faire un costume d'homme pour qu'elle pût l'accompagner à cheval. Ils chevauchèrent parmi les forêts
615 embaumées[74] où les branches vertes lui frappaient l'épaule et où les oiselets[75] chantaient derrière le frais feuillage. Elle escalada les hautes montagnes avec le prince et ses pieds délicats avaient beau saigner au point que les autres s'en apercevaient, elle s'en riait et suivait le prince jusqu'à ce qu'ils voient les
620 nuages voguer en dessous d'eux comme une bande d'oiseaux partis pour des pays étrangers.

Au château du prince, la nuit, quand les autres dormaient, elle sortait sur le vaste escalier de marbre, se tenait dans l'eau froide de la mer qui rafraîchissait ses pieds brûlants, et, alors,
625 elle pensait à ceux d'en bas, dans les profondeurs.

Une nuit, ses sœurs arrivèrent, bras dessus, bras dessous, elles chantaient avec grand chagrin tout en nageant à la surface, et elle leur fit signe, elles la reconnurent et dirent à quel point elle les avait attristées, toutes. Ensuite, elles vinrent lui rendre
630 visite chaque nuit, et, une nuit, elle vit, loin au large, sa vieille grand-mère qui, pendant bien des années, n'était pas montée à la surface, ainsi que le roi de la mer, couronne sur la tête ils tendaient les mains vers elle sans oser approcher de la terre autant que ses sœurs.

635 De jour en jour, elle devenait plus chère au prince, il l'aimai comme on peut aimer un bon enfant chéri, mais faire d'elle s reine, l'idée ne lui en venait pas, or, il fallait qu'elle devînt s

| **74.** Parfumées. | **75.** Petits oiseaux.

femme, sinon, elle n'aurait pas une âme immortelle, le matin du jour où il célébrerait ses noces, elle deviendrait écume sur la mer.

« N'est-ce pas moi que, de toutes, tu aimes le plus ! » semblaient dire les yeux de la petite sirène quand il la prenait dans ses bras en embrassant son beau front.

« Si ! c'est toi qui m'es la plus chère, disait le prince, car c'est toi qui as le meilleur cœur, c'est toi qui m'es le plus dévouée[76] et tu ressembles à une jeune fille que j'ai vue un jour, mais que je ne retrouverai sûrement jamais. J'étais sur un bateau qui fit naufrage, les vagues me jetèrent à la côte près d'un temple sacré desservi par quelques jeunes filles, la plus jeune me trouva sur le rivage et me sauva la vie, je ne la vis que deux fois ; c'est la seule que je pourrais aimer en ce monde, mais tu lui ressembles, tu évinces[77] presque son image de mon âme, elle appartient au temple sacré, c'est pour cela que la bonne fortune[78] t'a envoyée à moi, jamais nous ne nous quitterons !… – Hélas ! il ne sait pas que c'est moi qui lui ai sauvé la vie, pensa la petite sirène, je l'ai porté sur la mer jusqu'à la forêt où se trouve le temple, j'étais derrière l'écume et je regardais si personne n'allait venir ! J'ai vu la belle fille qu'il aime plus que moi ! » et la sirène soupira profondément : pleurer, elle ne le pouvait pas. « Cette fille appartient au temple sacré, a-t-il dit, elle ne viendra jamais en ce monde, ils ne se rencontreront plus, je suis auprès de lui, je le vois chaque jour, je le soignerai, l'aimerai, lui sacrifierai ma vie ! »

Et voilà que le prince va se marier et épouser la charmante fille du roi voisin, racontait-on, c'est pour cela qu'il équipe si magnifiquement un bateau ! Le prince s'en va voir les terres du roi voisin, à ce que l'on dit, mais c'est pour voir la fille du roi voisin, il va emmener une grande escorte[79]. Mais

---

76. Fidèle, serviable, loyale.
77. Évacues, remplaces.
78. Chance.

79. Groupe de gens qui accompagnent un personnage important.

la petite sirène secouait la tête en riant, elle connaissait les pensées du prince bien mieux que tous les autres. « Il faut
670 que je m'en aille ! lui avait-il dit, il faut que je voie la belle princesse, mes parents l'exigent, mais me forcer à l'amener ici en qualité de fiancée, ils ne le veulent pas ! Je ne puis l'aimer, elle ne ressemble pas, comme toi, à la belle fille du temple. Si je devais choisir une fiancée, ce serait plutôt toi,
675 ma muette enfant trouvée aux yeux qui parlent ! » Et il baisait sa bouche rouge, jouait avec sa longue chevelure et posait la tête contre son cœur qui rêvait de bonheur humain et d'âme immortelle.

« Tu n'as tout de même pas peur de la mer, mon enfant
680 muette ! » dit-il quand ils furent sur le magnifique bateau qui devait le conduire au pays du roi voisin ; et il lui parla de tempête et de calme plat, d'étranges poissons des profondeurs et de ce que les plongeurs y avaient vu, et elle sourit de son récit, elle savait mieux que personne, bien entendu, ce qu'il y
685 avait au fond de la mer.

Dans la nuit, au clair de lune, alors que tout le monde dormait à l'exception du timonier[80] qui était à la barre, elle se tenait au bastingage[81], regardant fixement dans l'eau limpide, et il lui sembla voir le château de son père : tout en
690 haut se tenait la vieille grand-mère, sa couronne d'argent sur la tête, qui levait les yeux à travers les violents courants, vers la quille[82] du bateau. Alors, ses sœurs arrivèrent à la surface, elles la regardèrent tristement en tordant leurs mains blanches, elle leur fit signe, sourit et voulut dire que tout allait bien e[t]
695 heureusement pour elle, mais le mousse[83] s'approcha d'ell[e] et ses sœurs plongèrent si bien qu'il crut que le blanc qu'il ava[it] vu était de l'écume sur la mer.

---

80. Marin chargé de tenir la barre afin de diriger un bateau.
81. Barrières du navire.
82. Bas de la coque du bateau.
83. Jeune marin.

Le lendemain matin, le bateau entra dans le port de la superbe ville du roi voisin. Toutes les cloches des églises carillonnaient[84], des hautes tours, on sonnait de la trompette tandis que les soldats, bannières[85] au vent et baïonnettes[86] scintillantes, formaient les rangs. C'était fête chaque jour. Bals et dîners se succédaient, mais la princesse n'était pas encore là, elle était élevée loin de là dans un temple sacré, disait-on, elle y apprenait toutes les vertus[87] royales.

Enfin, elle arriva.

La petite sirène languissait de voir sa beauté et elle dut le reconnaître, elle n'avait jamais vu personne plus gracieuse. Sa peau était délicate et rose, et derrière de longs cils noirs souriaient deux yeux fidèles, brun foncé !

« C'est toi, dit le prince, toi qui m'as sauvé lorsque je gisais comme un cadavre sur la côte ! » et il serra dans ses bras sa rougissante fiancée. « Oh ! je suis trop heureux ! dit-il à la petite sirène. Ce que je n'aurais jamais osé espérer de mieux s'est accompli pour moi. Tu vas te réjouir de mon bonheur car c'est toi qui, de tous, m'aimes le plus ! » Et la petite sirène lui baisa la main et il lui sembla sentir que, déjà, son cœur se brisait. Car le matin des noces du prince lui apporterait la mort et la transformerait en écume sur la mer.

Toutes les cloches des églises sonnaient, les hérauts[88] chevauchaient par les rues, proclamant les fiançailles. Sur tous les autels[89] brûlaient des huiles parfumées dans de précieuses lampes d'argent. Les pasteurs balancèrent des encensoirs[90], les fiancés se tendirent la main et reçurent la bénédiction

---

84. Sonnaient.
85. Drapeaux.
86. Petites épées fixées au bout des fusils.
87. Qualités.
88. Messagers du roi.
89. Tables des églises où les prêtres célèbrent la messe.
90. Sortes de boîtes métalliques suspendues à des chaînes, destinées à faire brûler l'encens.

725 de l'évêque. La petite sirène, vêtue de soie et d'or, tenait la traîne[91] de la fiancée mais ses oreilles n'entendaient pas la musique de fête, ses yeux ne voyaient pas la sainte cérémonie, elle pensait à la nuit de sa mort, à tout ce qu'elle avait perdu en ce monde.

Le soir même, les mariés montèrent à bord du bateau, les 730 canons tonnèrent[92], tous les drapeaux flottaient. Au milieu du bateau fut dressée une précieuse tente d'or et de pourpre, avec les coussins les plus magnifiques : c'est là que lés jeunes mariés dormiraient, dans la nuit claire et fraîche.

Les voiles se gonflèrent au vent et le bateau glissa, léger, 735 presque sans remuer sur la mer limpide.

Quand il fit noir, on alluma des lampes multicolores et les marins dansèrent joyeusement sur le pont. Il fallut bien que la petite sirène pense à la première fois où elle avait émergé et vu la même splendeur et la même joie, et elle se joignit à la 740 danse dans un tourbillon, flottant comme flotte le cygne quand il est poursuivi, et tout le monde exulta[93] d'admiration pour elle, jamais elle n'avait dansé aussi superbement, ses pieds délicats étaient lacérés[94] comme par des couteaux tranchants, mais elle ne le sentait pas ; son cœur était plus douloureuse- 745 ment meurtri[95]. Elle savait que c'était le dernier soir qu'elle le voyait, lui pour qui elle avait abandonné sa famille et son foyer, donné sa ravissante voix et souffert quotidiennement de tourments infinis[96] sans qu'il y eût pensé. C'était la dernière nuit, elle respirait le même air que lui, voyait la mer profonde 750 et le ciel bleu étoilé, une nuit éternelle, sans pensées, sans rêves l'attendait, elle qui n'avait pas d'âme, qui ne pourrait en acquérir une. Et tout fut joie et gaieté sur le bateau jusqu' longtemps après minuit, elle rit et dansa, la pensée de la mor

---

91. Partie d'un vêtement qui traîne par terre.
92. Firent un bruit semblable à des coups de tonnerre.
93. Ressentit une grande joie.
94. Déchirés.
95. Blessé.
96. Souffrances sans fin.

dans le cœur. Le prince embrassait sa charmante épouse, et
5 elle, jouait avec ses cheveux noirs, et, se tenant par le bras, ils
allèrent se reposer dans la magnifique tente.

Ce fut le silence et le calme sur le bateau, seul, le pilote se
tenait à la barre, la petite sirène posa ses bras blancs sur le
bastingage et regarda vers l'est, cherchant l'aube : elle savait
que le premier rayon du soleil la tuerait. Alors, elle vit ses
sœurs monter de la mer, elles étaient pâles, comme elle ; leur
belle longue chevelure ne flottait plus au vent, elle était coupée.

« Nous l'avons donnée à la sorcière pour qu'elle fasse en
sorte que tu ne meures pas cette nuit ! Elle nous a donné un
couteau, le voici ! Vois-tu comme il est acéré ? Avant que le
soleil se lève, il faut que tu l'enfonces dans le cœur du prince,
et lorsque son sang chaud rejaillira sur tes pieds, ils se rassem-
bleront en une queue de poisson et tu redeviendras une sirène,
tu pourras descendre dans l'eau, jusqu'à nous, et vivre tes trois
cents ans avant de devenir l'écume morte de la mer salée.
Dépêche-toi ! Il faut que l'un meure, lui ou toi, avant que le
soleil se lève ! Notre vieille grand-mère a tant de chagrin que
ses cheveux blancs sont tombés, tout comme les nôtres sont
tombés sous les ciseaux de la sorcière. Tue le prince et reviens !
Dépêche-toi, vois-tu cette raie rouge dans le ciel ? Dans
quelques minutes, le soleil se lèvera et alors, tu devras mourir ! »
et elles poussèrent un soupir merveilleusement profond, puis
sombrèrent dans la vague.

La petite sirène écarta le rideau de pourpre de la tente, et
elle vit dormir la charmante mariée, la tête contre la poitrine
du prince, et elle se pencha, embrassa le prince sur son beau
front, regarda le ciel où l'aube luisait de plus en plus, regarda
le couteau acéré et, de nouveau, fixa les yeux sur le prince qui,
dans son rêve, prononçait le nom de son épouse : elle seule
occupait ses pensées, et le couteau trembla dans la main
de la sirène… mais alors, elle le jeta loin dans les vagues,

qui se mirent à luire, toutes rouges, à l'endroit où il tomba, on eut l'impression que des gouttes de sang perlaient[97] à la surface de l'eau ; une fois encore, les yeux à demi éteints, elle regarda le prince, puis se précipita du navire dans la mer, et elle sentit son corps se dissoudre en écume.

790

Et le soleil monta de la mer. Ses rayons tombèrent, bien doucement, bien chaudement, sur l'écume de la mer froide et morte, et la petite sirène ne sentit pas la mort, elle vit le clair soleil, au-dessus d'elle planaient des centaines de charmantes créatures transparentes. À travers elles, elle apercevait les voiles blanches du bateau et les rouges nuages du ciel ; leurs voix étaient mélodie[98], mais si immatérielles[99] qu'aucune oreille humaine ne pouvait les entendre, tout comme aucun œil terrestre n'eût pu les voir ; elles planaient dans l'air, sans ailes, sous l'effet de leur propre légèreté. La petite sirène vit qu'elle avait un corps comme elles, qui s'élevait de l'écume, de plus en plus.

795

800

« Je vais vers qui ? » dit-elle, et sa voix eut le même timbre[100] que celle des autres êtres, si immatérielle qu'aucune musique terrestre ne peut la rendre.

805

« Vers les filles de l'air ! répondirent les autres. La sirène n'a pas d'âme immortelle, n'en aura jamais à moins de conquérir l'amour d'un être humain ! Son existence éternelle dépend d'un pouvoir étranger. Les filles de l'air non plus n'ont pas d'âme éternelle, mais elles peuvent s'en créer une par leurs bonnes actions. Nous volons vers les pays chauds où l'air pestiféré[101] et suffocant[102] tue les humains ; nous y soufflons la fraîcheur. Nous répandons parmi l'air le parfum des fleurs et envoyons réconfort et guérison. Quand nous nous sommes évertuées[103] à faire tout le bien que nous pouvons, pendant trois cents ans,

810

815

---

97. Se formaient en petites gouttes.
98. Musique.
99. Sans réalité physique.
100. Son.

101. Atteint de la peste, infecté.
102. Irrespirable, étouffant.
103. Efforcées, fait des efforts pour.

nous obtenons alors une âme immortelle et participons au bonheur éternel des humains. Toi, pauvre petite sirène, tu t'es efforcée[104] de tout ton cœur de faire la même chose que nous, tu as souffert et enduré[105] ta peine et tu t'es haussée[106] jusqu'au monde des esprits aériens ; maintenant, par tes bonnes actions, tu peux te créer une âme immortelle d'ici trois cents ans. »

Et la petite sirène leva ses bras clairs vers le soleil de Dieu, et, pour la première fois, elle sentit couler ses larmes.

Sur le bateau, il y avait de nouveau de la vie et du bruit, elle vit le prince, avec sa belle mariée, se mettre à sa recherche ; mélancoliques[107], ils regardaient l'écume bouillonnante comme s'ils savaient qu'elle s'était précipitée[108] dans les vagues. Invisible, elle embrassa le front de la mariée, fit un sourire au prince et monta avec les autres enfants de l'air sur le nuage rose qui voguait dans l'atmosphère.

« Dans trois cents ans, nous entrerons ainsi au royaume de Dieu !

– Et nous pouvons y arriver plus tôt aussi ! chuchota l'une d'elles. Invisibles, nous pénétrons dans les maisons humaines où il y a des enfants, et pour chaque jour où nous trouvons un bon enfant qui donne de la joie à ses parents et mérite leur amour, Dieu écourte[109] notre temps d'épreuve. L'enfant ne sait pas quand nous volons à travers la salle, et s'il nous inspire un sourire de joie, une année nous est enlevée sur les trois cents, mais si nous voyons un vilain enfant méchant, force nous est de[110] pleurer de tristesse et chaque larme ajoute un jour à notre temps d'épreuve… ! »

---

104. Tu as essayé de toutes tes forces.
105. Supporté.
106. Élevée, montée.
107. Malheureux, tristes.
108. Jetée.
109. Raccourcit.
110. Nous sommes obligés de.

Questions

Repérer et analyser

Le statut du narrateur

1 a. Identifiez le statut du narrateur.
b. À qui le narrateur s'adresse-t-il, lignes 6-7 ? Quel est l'intérêt de cette intervention ? Quel est l'effet produit ?

La progression de l'action

2 Relisez les lignes 1 à 100.
a. Qui sont les personnages en présence ? Sont-ils nommés précisément ? Quels sont leurs liens familiaux ?
b. Dans quel lieu ces personnages vivent-ils ?
c. Que souhaitent découvrir les six princesses ? À quelle condition pourront-elles satisfaire leur désir ?
3 a. Quelles sont les premières impressions des sœurs de la petite sirène lorsqu'elles découvrent le monde d'en haut ?
b. Par la suite, préfèrent-elles le monde d'en haut ou le monde marin ? Pourquoi ? Citez le texte.
4 a. La première fois que la petite sirène monte à la surface, quel personnage retient son attention ? Pour quelle raison ?
b. Dans quelles conditions lui sauve-t-elle la vie ? En est-il conscient ?
5 Relisez les lignes 376 à 419 : qu'apprend la petite sirène de sa grand-mère ? En quoi ces révélations sont-elles importantes ?
6 Que demande la petite sirène à la sorcière ? Pourquoi ? Que doit-elle lui donner en échange ?
7 « Ce fut comme si son cœur allait se briser de chagrin » (l. 565-566). Pour quelle raison la petite sirène est-elle si triste ?
8 En quoi la vie sur terre est-elle pour la petite sirène une cause de souffrance permanente ?
9 a. Le prince connaît-il la véritable identité de la petite sirène ?
b. Quelles sont les qualités de la petite sirène qui suscitent l'admiration du prince ?
c. Quels détails prouvent que la petite sirène est devenue proche du prince ?
d. La petite sirène a-t-elle obtenu du prince tout ce qu'elle désirait

10 **a.** Avec qui le prince se marie-t-il ? Quelle découverte inattendue décide le prince à se marier avec ce personnage ?
b. En quoi ce mariage met-il la petite sirène en danger ?
11 « Elle savait que le premier rayon du soleil la tuerait » (l. 759-760). Le conte pourrait-il se terminer là ? Justifiez votre réponse. Qu'est-ce qui permet de relancer l'action ?
12 Quel est le dernier événement qui met fin à la série des actions ?
13 **a.** Quelle est la situation finale ?
b. Comparez la situation de l'héroïne au début et à la fin du conte. Qu'est-ce qui a changé pour elle ?

Le personnage principal

14 Relisez le portrait de la petite sirène (l. 24 à 28) : quelles sont ses caractéristiques physiques ? Ce portrait est-il mélioratif ou péjoratif ?
15 Relisez les lignes 50 à 74 : quels sont les traits de caractère de la petite sirène ? En quoi se distingue-t-elle de ses sœurs ?
16 Relisez les lignes 75 à 191.
a. La petite princesse est-elle satisfaite de sa condition de sirène ?
b. Quels sont les deux objets de la quête de la princesse, ses deux désirs (voir p. 71) ? Relevez la phrase qui prouve sa détermination.
17 Lors du naufrage et de sa visite à la sorcière, de quelle qualité la petite sirène fait-elle preuve ? Justifiez votre réponse.
18 Relevez deux preuves d'amour que la petite sirène donne au prince. Cet amour est-il réciproque ? Citez le texte.
19 Pour quelle raison la petite sirène choisit-elle de ne pas tuer le prince ? En quoi cette action est-elle pour elle un sacrifice ?
20 À la fin, la petite sirène a-t-elle obtenu ce qu'elle désirait ?

Le merveilleux

21 Quelles caractéristiques des sirènes en font des personnages merveilleux ? En quoi sont-elles semblables et différentes des humains ?
22 Quels sont les pouvoirs de la sorcière de la mer ?
23 Quel est le principal ingrédient de la potion magique ? Quel aspect a-t-elle ? Quelles sont ses propriétés ?
24 Quelle première métamorphose la petite sirène subit-elle ? Se métamorphose-t-elle entièrement ? Justifiez votre réponse.

25 Que se produit-il lorsque la petite sirène jette le poignard à la mer ? S'agit-il d'un phénomène naturel ?

26 Quelle deuxième métamorphose la princesse subit-elle à la fin du conte ? Quelle qualité physique, perdue lors de sa première métamorphose, retrouve-t-elle ?

Les lieux

Le monde sous-marin

27 Relisez les deux premiers paragraphes.

a. Relevez et analysez les deux comparaisons qui caractérisent l'eau de mer (voir p. 38).

b. Quels sont les éléments présents au fond de la mer ?

c. En quels matériaux le château du roi de la mer est-il construit ? D'où proviennent ces matériaux ? Sont-ils précieux ?

d. Cette description est-elle méliorative ou péjorative ? Justifiez.

Le jardin de la petite sirène

28 Relisez les deux descriptions du jardin de la petite sirène (l. 50 à 63 et l. 316 à 321).

a. Quelles sont les couleurs dominantes et la forme de la plate-bande de la petite sirène (l. 50 à 63) ?

b. De quoi la petite sirène s'est-elle inspirée pour créer son jardin ?

c. Les descriptions successives de ce jardin nous permettent-elles de mieux connaître les préoccupations de la petite sirène ?

Le monde d'en haut

29 Relisez les descriptions du monde d'en haut par les sœurs de la petite sirène (l. 99 à 165) : quels sont les différents éléments qui charment chacune d'elles ?

Le domaine de la sorcière

30 Relisez les lignes 450 à 489 : relevez les différents éléments qui font du domaine de la sorcière un lieu effrayant.

La visée

31 **a.** Les sacrifices de la petite sirène ont-ils été inutiles ?

b. Selon vous, s'agit-il d'une fin heureuse ou malheureuse ?

32 Quelle est la visée du conte ?

Se documenter

Les sirènes à travers les siècles

Dans la mythologie grecque, les sirènes étaient des démons marins à tête de femme et corps d'oiseau. Elles vivaient au sud de l'Italie, dans les îles proches de la Sicile, et séduisaient les navigateurs qui passaient au large par leur chant mélodieux, afin de les attirer sur la côte rocheuse de leur île. Lorsque les navires venaient se briser, elles dévoraient les malheureux naufragés. Au chant XII de l'*Odyssée*, la magicienne Circé met en garde Ulysse, qui s'apprête à prendre la mer pour rentrer chez lui, contre ces êtres féroces :

« Il vous faudra d'abord passer près des Sirènes. Elles charment tous les mortels qui les approchent. Mais bien fou qui relâche[1] pour entendre leurs chants ! Jamais en son logis, sa femme et ses enfants ne fêtent son retour : car, de leurs fraîches voix, les Sirènes le charment, et le pré, leur séjour[2], est bordé d'un rivage tout blanchi d'ossements et de débris humains, dont les chairs se corrompent[3]. »

(Traduction de Victor Bérard, éd. Armand Colin, 1931).

C'est au Moyen Âge que les sirènes deviennent des êtres mi-femme, mi-poisson. Ainsi, au VIIIe siècle, un moine anglais écrit dans son *Livre des Monstres* :

« Les sirènes sont des filles de la mer qui séduisent les marins avec leur joli corps et leur douce voix. De la tête au nombril, leur corps est celui d'une vierge et ressemble beaucoup à un être humain mais elles ont une queue de poisson couverte d'écailles grâce à laquelle elles se dissimulent dans les flots. »

Certains navigateurs, tel Christophe Colomb en 1493, disent avoir rencontré des sirènes (sans doute s'agit-il de mammifères marins – lamantins ou dugongs), et des récits merveilleux racontent que ces créatures attirent les jeunes gens dans la mer pour voler leur âme. L'image de la sirène dangereuse et séductrice marque durablement les esprits. Il faut attendre le conte d'Andersen pour que naisse la légende moderne de la jeune princesse amoureuse et vertueuse.

1. S'arrête. | **2.** Lieu où elles vivent. | **3.** Pourrissent.

Questions de synthèse

Sur l'ensemble des contes

La formule d'entrée

1 Relevez les formules d'entrée des douze contes de ce recueil. Comment les classeriez-vous ?

Les personnages

2 **a.** Dites, pour chaque conte, qui est le personnage principal de l'histoire. Dans quel conte trouve-t on plusieurs personnages principaux qui forment un groupe uni ?
b. Classez ces personnages selon qu'ils sont des hommes, des animaux, des êtres merveilleux et selon qu'ils sont bons ou méchants.
3 **a.** Citez trois personnages que vous appréciez.
b. Dites, pour chacun d'eux, quelles sont ses caractéristiques physiques et morales.
c. Reconstituez le schéma actantiel (voir p. 71) pour chacun de ces personnages. Quelle est leur situation à la fin du conte ? Est-elle pour eux heureuse ou malheureuse ?

Le merveilleux

4 Quels sont les différents éléments merveilleux que vous avez rencontrés dans l'ensemble de ces contes ? Relevez-les et classez-les selon les catégories suivantes : personnages doués de pouvoirs magiques, animaux qui parlent et qui se comportent comme des hommes, objets magiques, lieux magiques, formules magiques, métamorphoses.
5 **a.** Quel conte, selon vous, fait le plus appel au merveilleux ?
b. Quel est celui qui présente le moins d'éléments merveilleux ?

Les visées

6 **a.** Quels sont les contes qui présentent une moralité ? Relevez ces moralités et reformulez chacune d'elles en une courte phrase.
b. Pour chacun des contes qui n'ont pas de moralité, dites quels sont les enseignements que le lecteur peut en tirer.

7 Parmi ces douze contes, choisissez : celui qui vous plaît le plus, celui qui vous plaît le moins, le plus amusant, le plus poétique, le plus triste, le plus effrayant. Justifiez chacun de vos choix.

Écrire

8 Imaginez un conte merveilleux dont la visée sera morale (punition des « méchants », récompense des « bons ») en suivant ces étapes :
• **Construisez le schéma actantiel (voir p. 71).**
a. Qui sera le héros de votre conte ? Lui donnerez-vous un nom ou un surnom ? Quelles sont ses qualités physiques ou morales ?
b. Quel est l'objet de sa quête (un mariage, le pouvoir…) ? Qui le pousse à agir (lui-même ou un autre personnage) ?
c. Quelles épreuves doit-il surmonter ? Qui l'aide dans sa quête (personnage humain ou animal, objet…) ? Qui s'oppose à lui ?
d. Qui est le bénéficiaire de la quête (lui-même ou un autre personnage) ? Pour vous aider, rédigez un schéma qui comporte l'ensemble de ces forces en prenant votre héros comme sujet.
• **Respectez le schéma narratif.**
a. Où et quand l'histoire se déroule-t-elle ?
b. Quelle est la situation initiale ? Quel est l'élément déclencheur qui rompt cette situation ?
c. Quelles sont les différentes actions qui s'enchaînent ? Quels sont le ou les lieux de l'action ?
d. Quel est le dénouement ? la situation finale (respectez la visée morale du conte) ? Qu'est-ce qui a changé pour votre héros ?
• **Introduisez des éléments merveilleux.**
Quels seront les éléments merveilleux de votre conte :
  des personnages (fée, sorcière, ogre, lutin…) ;
  des lieux (forêt enchantée, fontaine magique, château hanté…) ;
  des objets (baguette magique, tapis volant…) ;
  une formule magique (abracadabra…) ;
  des métamorphoses ?
• **Rédigez votre conte au passé (passé simple, imparfait).**

Index des rubriques

Table des illustrations

Iconographie : Hatier Illustration/Édith Garrauc
Principe de maquette : Mecano-Laurent Batard
Mise en page : Alinéa

Achevé d'imprimer par Hérissey à Évreux (Eure) - France - N° 118654
Dépôt légal : 93641 - 8/06 - Juin 2012